Alfred Clebsch

Ueber eine Fundamentalaufgabe der Invariantentheorie

Alfred Clebsch

Ueber eine Fundamentalaufgabe der Invariantentheorie

Unveränderter Nachdruck der Originalausgabe von 1872.

1. Auflage 2024 | ISBN: 978-3-38635-395-3

Antigonos Verlag ist ein Imprint der Outlook Verlagsgesellschaft mbH.

Verlag: Outlook Verlag GmbH, Zeilweg 44, 60439 Frankfurt, Deutschland
Vertretungsberechtigt: E. Roepke, Zeilweg 44, 60439 Frankfurt, Deutschland
Druck: Libri Plureos GmbH, Friedensallee 273, 22763 Hamburg, Deutschland

Ueber eine

Fundamentalaufgabe

der

Invariantentheorie.

Von

A. Clebsch.

Aus dem siebzehnten Bande der Abhandlungen der Königlichen Gesellschaft
der Wissenschaften zu Göttingen.

Göttingen,
in der Dieterichschen Buchhandlung.
1872.

Als Aufgabe der Invariantentheorie kann man die Aufstellung sämmtlicher aus einer gegebenen Form, oder aus einem System solcher ableitbarer Formen invarianten Characters bezeichnen. Aber eine nähere Ueberlegung zeigt, dass die hiemit ausgesprochene Aufgabe in mehrfacher Beziehung beschränkt und präciser ausgedrückt werden kann. Mit der Darlegung dieser Verhältnisse soll sich der vorliegende Aufsatz beschäftigen.

§. 1.

Lineare Grundgebilde in einer Mannigfaltigkeit von $n-1$ Dimensionen.

Denken wir uns eine Mannigfaltigkeit von $n-1$ Dimensionen. Einen *Punct* derselben stellt man durch ein System von Werthen dar, welche den Verhältnissen von n homogenen Veränderlichen $x_1, x_2, \ldots x_n$ beigelegt werden. So geschieht es z. B., wenn man in der Geometrie der Ebene ($n = 3$) oder des Raumes ($n = 4$) einen Punct durch homogene Coordinaten bestimmt.

Aus der $(n-1)$fachen Mannigfaltigkeit wird eine $(n-2)$fache ausgeschieden durch eine homogene Gleichung zwischen den Coordinaten eines veränderlichen Punctes. Ist $f = 0$ eine solche Gleichung, und f eine ganze Function, so ist die Form f zugleich der Typus der Functionen, welche die Invariantentheorie zunächst bei diesen Mannigfaltigkeiten betrachtet.

1 *

Insbesondere wird eine *lineare Mannigfaltigkeit* $(n-2)^{\text{ter}}$ Dimension ausgeschieden, indem man diejenigen Puncte betrachtet, welche einer linearen Gleichung

$$1 \ldots \quad u_x = u_1 x_1 + u_2 x_2 \ldots + u_n x_n = 0$$

genügen. Aber man kann diese lineare Mannigfaltigkeit in ihrer Gesammtheit als Grundgebilde auffassen; und in diesem Sinne bezeichne ich $u_1, u_2 \ldots u_n$ als *Coordinaten der linearen Mannigfaltigkeit.*

Neben ihr kann man als Grundgebilde der gegebenen Mannigfaltigkeit von $n-1$ Dimensionen die Mannigfaltigkeiten $(n-3)^{\text{ter}}$, $(n-4)^{\text{ter}}$, $\ldots 0^{\text{ter}}$ Dimension auffassen, welche $2, 3, \ldots n-1$ der gedachten linearen Mannigfaltigkeiten $(n-2)^{\text{ter}}$ Dimension gemeinsam sind. Die Gesammtheit der Puncte x, welche k linearen Mannigfaltigkeiten gemeinsam sind $(k < n)$, ist durch das gleichzeitige Bestehen von k Gleichungen:

$$2 \ldots \quad u_x^{(1)} = 0, \quad u_x^{(2)} = 0 \ldots, \quad u_x^{(k)} = 0$$

gegeben. Will man indessen auch dieses Gebilde durch Coordinaten bezeichnen, so ist es nicht zweckmässig, die Coefficienten der Gleichungen 2. dafür zu nehmen. Denn ohne das Gebilde zu ändern, kann man die Gleichungen 2. durch k lineare Combinationen derselben ersetzen, wobei denn an Stelle der u lineare Combinationen entsprechender u treten. Um also die Coordinaten des Gebildes nicht von der zufälligen Combination der Gleichungen 2. abhängig zu machen, muss man einen andern Weg einschlagen. Löst man die Gleichungen 2. nach k der Grössen x auf (und wenn nicht eine Gleichung eine Folge der übrigen, also überflüssig ist, muss dies immer für gewisse k der x möglich sein), so erhält man Combinationen der Gleichungen 2., welche in ihren Coefficienten nur noch die aus dem unvollständigen Systeme

$$
\begin{array}{cccc}
u_1^{(1)} & u_2^{(1)} & \ldots & u_n^{(1)} \\
u_1^{(2)} & u_2^{(2)} & \ldots & u_n^{(2)} \\
 & \cdot \quad \cdot \quad \cdot & \\
u_1^{(k)} & u_2^{(k)} & \ldots & u_n^{(k)}
\end{array}
$$

zu bildenden k-reihigen Determinanten

$$3 \ldots \quad p_{ih\ldots m} = \Sigma \pm u_i^{(1)} u_h^{(2)} \ldots u_m^{(k)}$$

enthalten. Diese Grössen sollen die *Coordinaten des Grundgebildes* genannt werden. Dieselben sind im Allgemeinen nicht von einander nnabhängig, vielmehr bestehen zwischen ihnen Beziehungen, auf welche jedoch hier nicht näher eingegangen werden soll. Wenn man an Stelle der Gleichungen 2. lineare Combinationen derselben zu Grunde legt, so ändern sich diese p nur um einen gemeinsamen Factor. Sie sind also Verhältnisszahlen; und nur *homogene* Functionen derselben haben eine geometrische Bedeutung. Andrerseits ist durch diese Coordinaten das betreffende geometrische Gebilde wirklich bestimmt; denn in den nach k der x aufgelösten Gleichungen 2. sind sämmtliche Coefficienten bekannt, wenn die Verhältnisse der p gegeben sind.

Setzt man $k = n-1$, so genügen die Gleichungen 2. um die Verhältnisse der x zu bestimmen. *Das Gebilde, welches $n-1$ linearen Mannigfaltigkeiten gemeinsam ist, ist also wieder der Punct;* die p mit $n-1$ Indices gehen in x über. — Für $k = 2$ und $n = 4$ geben die p genau die Plückerschen Raumcoordinaten der Geraden, welche in der Mannigfaltigkeit von drei Dimensionen durch zwei lineare Mannigfaltigkeiten zweiter Dimension ausgeschieden wird.

§. 2.
Doppelte Darstellung der Grundgebilde.

Haben wir auf solche Weise die $n-1$ Grundgebilde der Mannigfaltigkeit von n Dimensionen, den Punct eingeschlossen, durch Coordinaten linearer Mannigfaltigkeiten $(n-2)^{\text{ter}}$ Dimension ausgedrückt, so können wir umgekehrt auch *die Coordinaten aller dieser Gebilde aus Reihen von Punctcoordinaten zusammensetzen*, und zwar auf folgende Weise. Ein Gebilde, welches k linearen Mannigfaltigkeiten 2. gemeinsam ist, wird ebenso vollständig bestimmt, wenn man $n-k$ Puncte $x^{(1)}$, $x^{(2)}$, $\ldots x^{(n-k)}$ annimmt, welche demselben angehören sollen. Es bestehen dann die $k(n-k)$ Gleichungen

$$u^{(1)}_{x^{(1)}} = 0, \quad u^{(2)}_{x^{(1)}} = 0, \quad \ldots \quad u^{(k)}_{x^{(1)}} = 0$$
$$4 \ldots \quad u^{(1)}_{x^{(2)}} = 0, \quad u^{(2)}_{x^{(2)}} = 0, \quad \ldots \quad u^{(k)}_{x^{(2)}} = 0$$
$$\cdots$$
$$u^{(1)}_{x^{(n-k)}} = 0, \quad u^{(2)}_{x^{(n-k)}} = 0, \ldots \quad u^{(k)}_{x^{(n-k)}} = 0.$$

Die verschiedenen Systeme der u sind also irgend k linear-unabhängige Lösungen der $n-k$ Gleichungen

$$u_{x^{(1)}} = 0, \quad u_{x^{(2)}} = 0, \ldots u_{x^{(n-k)}} = 0;$$

und in der That besitzen $n-k$ homogene Gleichungen ersten Grades mit n Unbekannten gerade $n-k$ lincar-unabhängige Lösungen. Um nun die p durch die x auszudrücken, führe ich ausser den Reihen der u noch $n-k$ Coordinatenreihen beliebiger anderer $(n-2)$facher linearcr Mannigfaltigkeiten $v^{(1)}, v^{(2)} \ldots v^{(n-k)}$ ein, und bezeichne durch $P_{\mu\nu\ldots\sigma}$ die Coordinaten des Gebildes, welches den Mannigfaltigkeiten

$$v^{(1)}_x = 0, \quad v^{(2)}_x = 0 \ldots v^{(n-k)}_x = 0$$

gemeinsam ist. Die Determinante der n Reihen der u und v welche durch

$$\Delta = (u^{(1)} u^{2}) \ldots u^{(k)} v^{(1)} v^{(2)} \ldots v^{(n-k)})$$

bezeichnet sein mag, lässt sich dann als Summe von Producten darstellen, in denen immer ein Factor ein p, der andre ein P ist:

$$5 \ldots \quad \Delta = \Sigma p_{ih\ldots m} P_{\mu\nu\ldots\sigma};$$

und zwar hat man für die Indices $i, h \ldots m$ alle Combinationen der Zahlen $1, 2 \ldots n$ zu k zu wählen, die Indices $\mu, \nu \ldots \sigma$ aber so zu ergänzen, dass die Reihe $i, h, \ldots m, \mu, \nu, \ldots \sigma$ eine positive Permutation der Zahlen $1, 2 \ldots n$ ist. Ich multiplicire nun Δ mit der Determinante

$$D = (y^{(1)} y^{(2)} \ldots y^{(k)} x^{(1)} x^{(2)} \ldots x^{(n-k)}),$$

welche aus den Coordinaten der x und k audrer Puncte y gebildet ist. Führt man diese Multiplication nach der gewöhnlichen Regel aus, und berücksichtigt die Gleichungen 4., so zerfällt das Product $D.\Delta$ sofort in das Product der Determinanten

$$D' = \begin{vmatrix} u^{(1)}_{y^{(1)}} & u^{(1)}_{y^{(2)}} & \cdots & u^{(1)}_{y^{(k)}} \\ u^{(2)}_{y^{(1)}} & u^{(2)}_{y^{(2)}} & \cdots & u^{(2)}_{y^{(k)}} \\ & \cdot \quad \cdot \quad \cdot \\ u^{(k)}_{y^{(1)}} & u^{(k)}_{y^{(2)}} & \cdots & u^{(k)}_{y^{(k)}} \end{vmatrix}$$

und

$$\Delta' = \begin{vmatrix} v^{(1)}_{x^{(1)}} & v^{(1)}_{x^{(2)}} & \cdots & v^{(1)}_{x^{(n-k)}} \\ v^{(2)}_{x^{(1)}} & v^{(2)}_{x^{(2)}} & \cdots & v^{(2)}_{x^{(n-k)}} \\ & \cdot \quad \cdot \quad \cdot \\ v^{(n-k)}_{x^{(1)}} & v^{n-k}_{x^{(2)}} & \cdots & v^{(n-k)}_{x^{(n-k)}} \end{vmatrix}.$$

Bezeichnet man nun den von den v unabhängigen Quotienten $\frac{D'}{D}$ durch ρ, so ist

$$6 \quad \ldots \quad \Delta = \rho\Delta'.$$

Wie Δ kann man nun auch Δ' nach den P ordnen. Denn nach bekannten Sätzen zerfällt Δ' in die Summe der Producte entsprechender Determinanten, welche aus den unvollständigen Systemen

$$\begin{vmatrix} v^{(1)}_{1} & v^{(1)}_{2} & \cdots & v^{(1)}_{n} \\ v^{(2)}_{1} & v^{(2)}_{2} & \cdots & v^{(2)}_{n} \\ & \cdot \quad \cdot \quad \cdot \\ v^{(n-k)}_{1} & v^{(n-k)}_{2} & \cdots & v^{(n-k)}_{n} \end{vmatrix} \quad , \quad \begin{vmatrix} x^{(1)}_{1} & x^{(1)}_{2} & \cdots & x^{(1)}_{n} \\ x^{(2)}_{1} & x^{(2)}_{2} & \cdots & x^{(2)}_{n} \\ & \cdot \quad \cdot \quad \cdot \\ x^{(n-k)}_{1} & x^{(n-k)}_{2} & \cdots & x^{(n-k)}_{n} \end{vmatrix}$$

gebildet werden können; d. h. man hat

$$\Delta' = \Sigma P_{\mu\nu\ldots\sigma}\, q_{\mu\nu\ldots\sigma}$$

wo die

$$q_{\mu\nu\ldots\sigma} = \Sigma \pm x^{(1)}_{\mu} x^{(2)}_{\nu} \ldots x^{(n-k)}_{\sigma}$$

aus den x gebildete Determinanten von $n-k$ Reihen bedeuten. Die Gleichung 6. verwandelt sich also in

$$\Sigma p_{ik..m} P_{\mu\nu..\sigma} = \rho \Sigma P_{\mu\nu..\sigma} q_{\mu\nu..\sigma};$$

und da zwischen den P keine linearen Relationen bestehen, so folgt hieraus ohne Weiteres

$$p_{ik..m} = \rho q_{\mu\nu..\sigma},$$

und der Satz:

Die Coordinaten $p_{ik..m}$ eines Grundgebildes, welches k linearen Mannigfaltigkeiten gemeinsam ist, drücken sich auch durch die $(n-k)$-reihigen Determinanten von $n-k$ Puncten aus, die dem Gebilde angehören sollen, und zwar ist immer

$$p_{ik..m} = \rho q_{\mu\nu..\sigma},$$

wenn $i, k,..m$, $\mu, \nu..\sigma$ eine positive Permutation der Zahlen $1, 2..n$ ist.

Die Grössen q sind der Art nach ganz ähnlich gebildet wie die p; sind jene die Determinanten, welche sich aus den Coordinaten von $n-k$ Puncten bilden lassen, so sind diese die Determinanten, welche aus den Coordinaten von k linearen Mannigfaltigkeiten $n-2^{\text{ter}}$ Dimension gebildet werden. Die Zahl beider ist gleich gross, nnd sie sind einzeln einander zugeordnet. Ich werde ein Gebilde dieser Art durch die Characteristik $(n-k, k)$ bezeichnen; wo denn die erste Zahl die Anzahl von Pnncten, die zweite die Anzahl von linearen Mannigfaltigkeiten $n-2^{\text{ter}}$ Dimension angiebt, welche das Grundgebilde bestimmen. Der Punct ist dann ein Grundgebilde $(1, n-1)$ die lineare Mannigfaltigkeit $n-2^{\text{ter}}$ Dimension ein Gebilde $(n-1, 1)$.

Der *dualistische Character* der Geometrie in einer $(n-1)$fachenMannigfaltigkeit beruht auf der symmetrischen Gestalt der Gleichung $u_x = 0$, welche angiebt dass ein Punct x auf einer linearen Mannigfaltigkeit liege. Durch Vertauschnng der x und der u ändert der Ausdruck u_x sich nicht; zugleich aber werden alle Grundgebilde $(n-k, k)$ mit den Grundgebilden $(k, n-k)$ vertauscht. Die Gesammtheit der Grundgebilde $(n-k, k)$ ist also der Gesammtheit der Grundgebilde $(k, n-k)$ duali-

. 9

stisch zugeordnet; so Punct und Gerade in der Ebene, Punct und Ebene im Raum. Nur bei geradem n existirt eine Classe $\left(\frac{n}{2}, \frac{n}{2}\right)$ von Grundgebilden, welche sich selbst dualistisch gegenübersteht, wie dies bei den Geraden des Raumes der Fall ist[1]).

§. 3.

Grundformen und Invarianten. Ziel der Untersuchung.

Als die allgemeinste algebraische Form, welche in der Theorie der $(n-1)$fachen Mannigfaltigkeiten zu betrachten ist, kann man eine solche ansehen, welche die Coordinaten beliebig vieler Puncte, die eines jeden homogen und zu beliebig hohem Grade, enthält. Aber es ist zweckmässig, von vorn herein diejenigen Fälle im Auge zu behalten, wo mehrere unter den vorhandenen Reihen von Punctcoordinaten nur zu Coordinaten anderer Grundgebilde verbunden auftreten. *Daher definire ich die allgemeinste hier zu betrachtende algebraische Form sogleich als eine solche, welche die Coordinaten beliebig vieler Grundgebilde jeder Classe, und zwar die Coordinaten eines jeden zu beliebig hohem Grade, enthält.* Die Aufgabe der Invariantentheorie, so weit sie sich auf Mannigfaltigkeiten von $(n-1)$ Dimensionen bezieht, ist es nun, für solche Formen oder Systeme solcher Formen alle invarianten Bildungen anzugeben.

Ich werde im Folgenden zeigen, *dass es hinreicht, Formen zu betrachten, welche aus jeder Classe von Grundgebilden höchstens eines enthalten.* Denn es wird sich zeigen, dass alle invarianten Bildungen, welche aus einer der oben definirten allgemeinen Formen hervorgehen, auch aus einer Reihe simultaner Formen der eben angegebenen einfacheren Art abgeleitet werden können. Dies ist auch für simultane Formen der

---

1) Ich habe diese Grundgebilde und ihr Anftreten in der Algebra bereits erwähnt in meiner Notiz über Plückers Raumgeometrie (Göttinger gelehrte Anzeigen 1869 St. 40.) Doch bilden diese Vorstellungen schon die Grundlage von Grassmanns Ausdehnungslehre, 1844 (siehe auch Hankel, Vorlesungen über complexe Zahlen, Leipzig, 1867).

2

allgemeineren Art gültig. Denn statt von simultanen Formen der allgemeinen Art auszugehen, kann man für jede derselben das betreffende System einfacher Formen setzen, und diese Systeme combiniren. Combination solcher Systeme giebt aber nur ein ausgedehnteres System von demselben Character. Durch den angedeuteten Satz ist also nach einer Seite eine Beschränkung des Materials gegeben, welches die Theorie zu behandeln hat; und, wie sich zeigen wird, kann diese Beschränkung dadurch noch vermehrt werden, dass man sogar die Betrachtung solcher Formen der einfachern Art als ausreichend nachweist, welche noch gewissen particllen Differentialgleichungen Genüge leisten. Aber diese Untersuchung hat noch eine andere wichtige Folge. *Vermöge derselben wird es ebenso möglich, den Begriff der auszuführenden invarianten Bildungen genauer zu begrenzen*, also überhaupt anzugeben, was man sich unter dem vollständigen System der Invarianten einer Form oder eines Systems von Formen zu denken hat. Ich werde mich des Ausdrucks *Invariante* hier immer für den allgemeinen Begriff bedienen, welcher Covarianten etc. umschliesst. Die folgenden Untersuchungen zeigen dann zugleich, *dass, mögen die zu Grunde gelegten Formen beschaffen sein, wie sie wollen, die Bildung der Invarianten sich auf solche Erzeugnisse zu beschränken, aber auch zu erstrecken hat, welche von jeder Classe von Grundgebilden höchstens eines enthalten.*

Es geht hieraus hervor, dass nach der Art der in ihnen vorkommenden Veränderlichen die Invarianten für eine Mannigfaltigkeit von $n-1$ Dimensionen immer in 2^{n-1} Classen zerfallen, indem jede der $n-1$ Classen von Grundgebilden durch eine Reihe von Coordinaten vertreten sein kann oder nicht. Für binäre Formen existiren also keine andern Bildungen als die eigentlichen Invarianten und Covarianten, und es genügt, Grundformen mit *einer* Reihe von Veränderlichen zu betrachten, wie dies Hr. Gordan im 3ten Bande der math. Annalen und ich selbst in meiner „Theorie der binären Formen" nachgewiesen haben. Bei ternären Formen zeigt sich ebenfalls die Betrachtnng der gewöhnlichen vier Classen von Bildungen (Invarianten im engern Sinne, Covarianten, zugehörige Formen, Zwischenformen) ausreichend; aber die grosse Bedeutung der Zwischenformen tritt auch darin hervor, dass es unabweislich wird, auch Grundformen solcher Art zu betrachten; ein Umstand, auf dessen geometrische Consequenzen ich an einer andern Stelle einzugehen gedenke. Ich bemerke hier nur, dass Hr. Gordan und ich diesen Gesichtspunct bezüglich ternärer Formen bereits im 1. Bande der Math. Annalen geltend gemacht haben. Aber im Raume führt diese Untersuchung auf diejenigen 8 Classen von Bildungen, welche durch Combination eines Punctes, einer Linie und einer Ebene hervorgerufen werden; und es ist zugleich nothwendig, entsprechende Grundformen zu untersuchen. Dass man bisher weder den Kreis der zu untersuchenden Formen noch den der zu bildenden Arten von Invarianten vollständig umfasst hat, erklärt vielleicht einige der Mängel, an welchen die Theorie der quaternären Formen bis jetzt noch leidet.

Von diesen 8 Classen zu behandelnder Formen und zu bildender Invarianten besteht die erste aus Constanten, welche als Invarianten ohnedies gebildet werden, welche aber auch als Grundformen betrachtet werden können, indem man bei simultanen Systemen auch solche Grundconstanten mit einführt, die den übrigen Grundformen als coordinirt anzusehen sind, und als a priori gegebene Invarianten erscheinen. Drei weitere Classen enthalten nur je eine der Classen von Veränderlichen; es sind Formen, welche, gleich Null gesetzt, Flächen in Punct- oder Ebenencoordinaten oder endlich Liniencomplexe darstellen. Eine fünfte Classe von Formen enthält die Coordinaten eines Puncts und einer Ebene; setzt man eine solche Form gleich Null, so wird jeder Ebene des Raumes eine Fläche in Punctcoordinaten, jedem Puncte eine Fläche in Ebenencoordinaten zugeordnet. Eine Gleichung solcher Art ist es, welche die Collineation im Raume angiebt, oder welche aussagt, dass eine Ebene u etwa die Berührungscurve des Tangentenkegels berührt, welche von einem beliebigen Puncte an eine gegebene Fläche geht. Eine sechste Classe von Formen enthält je eine Reihe von Punct- und Liniencoordinaten. Gleich Null gesetzt ordnet sie jedem Puncte einen Liniencomplex, jeder Geraden eine Fläche zu. Gleichungen dieser Art sind zum Beispiel diejenigen, welche aussagen, dass eine

2 *

Gerade den von einem beliebigen Puncte an eine gegebene Fläche gelegten Tangentenkegel berühre. Dieser Classe von Formen und Gleichungen steht dualistisch gegenüber eine siebente, welche gleichzeitig die Coordinaten einer Ebene und einer Geraden enthält. Die achte Classe endlich enthält die Coordinaten sowohl eines Punctes als einer Geraden und einer Ebene. Als Beispiel einer Gleichung solcher Art kann man sich etwa die Bedingung denken, unter welcher eine Gerade den Kegel berührt, welcher von einem beliebigen Puncte nach dem Schnitte einer gegebenen Fläche mit einer beliebigen Ebene geht. Vermöge einer solchen Gleichung wird jeder Combination von Punct und Ebene ein Complex zugeordnet, jeder Combination von Punct und Gerader eine Fläche in Ebenencoordinaten, jeder Combination von Ebene und Gerader endlich eine Fläche in Punctcoordinaten. Erst durch Betrachtung dieser sämmtlichen 8 Classen von Gebilden kann man erwarten der Geometrie des Raumes diejenige Vollständigkeit und Consequenz zu geben, welche die Theorie der binären Formen bereits besitzt.

§. 4.

Die verschiedenen Gestalten derselben Form; Herstellung der Normalform.

Betrachten wir nunmehr eine Form der angegebenen allgemeinen Art. Dabei tritt zunächst hervor, dass dieselbe auf unendlich viele Arten modificirt werden kann, ohne ihre Bedeutung zu ändern. Seien die Grössen $p_{ik}\ldots$ irgend eine in der Form auftretende Coordinatenreihe, welche weder eine Reihe von x noch eine Reihe von u ist. Zwischen diesen p besteht eine Anzahl von identischen Beziehungen. Ist also der Grad der Form in den p nicht zu niedrig, so kann man der Form diese Identitäten, multiplicirt mit passend gewählten niedrigeren Formen, hinzufügen, ohne dass die Bedeutung der Form sich verändert. Es wird hierdurch eine gewisse Veränderlichkeit der Coëfficienten bedingt, welche man dazu benutzen kann, der gegebenen Form auf eine bestimmte und eindeutige Weise eine *Normalform* zu geben, deren Benutzung von vielfachem Vortheile ist. Eine solche Normalform habe ich für die räumlichen Liniencomplexe im 2. Bande der Math. Annalen gegeben; ich werde die dort aufgestellten Begriffe nunmehr auf die allgemeinsten algebraischen Gebilde ausdehnen. Zu diesem Zwecke schicke ich folgenden Hülfssatz voraus:

Wenn zwischen den Veränderlichen ξ_1, ξ_2, ... ξ_ρ *eines linearen Ausdrucks*

$$f = a_1\xi_1 + a_2\xi_2 \ldots + a_\rho\xi_\rho$$

gewisse lineare Gleichungen mit reellen Coëfficienten

$$\varphi = \alpha_1\xi_1 + \alpha_2\xi_2 \ldots = 0$$
$$1 \ldots \quad \psi = \beta_1\xi_1 + \beta_2\xi_2 \ldots = 0$$
$$\cdot \quad \cdot \quad \cdot$$

bestehen (deren Zahl kleiner als $\rho-1$ *ist), so kann man, und zwar nur auf eine Weise, dem Ausdrucke* f *mit Hülfe der Gleichungen* $\varphi = 0$, $\psi = 0 \ldots$ *eine Form*

$$F = b_1\xi_1 + b_2\xi_2 \ldots + b_\rho\xi_\rho$$

geben, bei welcher die Coëfficienten ihrerseits den Gleichungen $\varphi = 0$, $\psi = 0 \ldots$ *genügen, so dass*

$$\alpha_1 b_1 + \alpha_2 b_2 \ldots = 0$$
$$2 \ldots \quad \beta_1 b_1 + \beta_2 b_2 \ldots = 0$$
$$\cdot \quad \cdot \quad \cdot \quad \cdot$$

Es muss nämlich dann

$$F = f + k\varphi + \lambda\psi \ldots$$

sein, also

$$b_i = a_i + \varkappa\alpha_i + \lambda\beta_i \ldots$$

Daher werden die zu erfüllenden Gleichungen 2:

$$\Sigma a_i\alpha_i + \varkappa\Sigma\alpha_i\alpha_i + \lambda\Sigma\beta_i\alpha_i \ldots = 0$$
$$\Sigma a_i\beta_i + \varkappa\Sigma\alpha_i\beta_i + \lambda\Sigma\beta_i\beta_i \ldots = 0$$
$$\cdot \quad \cdot \quad \cdot \quad \cdot$$

Diese Gleichungen bestimmen $\varkappa, \lambda \ldots$ auf lineare Weise. Die Determinante der Gleichungen aber ist die Summe der Quadrate der aus dem unvollständigen Systeme

$$
\begin{array}{cccc}
\alpha_1 & \alpha_2 & \cdots & \alpha_\rho \\
\beta_1 & \beta_2 & \cdots & \beta_\rho \\
& \cdot & \cdot & \cdot \cdot
\end{array}
$$

gebildeten Determinanten; jene kann also nur verschwinden, wenn alle diese Determinanten verschwinden, also die Gleichungen 1. nicht linear-unabhängig sind, was doch vorausgesetzt werden muss.

Betrachten wir nun in einer Form f, welche die Coordinaten $p_{ik}\ldots$ zur m^{ten} Ordnung enthalten mag, die m^{ten} Dimensionen dieser p multiplicirt mit Quadratwurzeln der entsprechenden aus der Entwicklung eines Ausdrucks $(\Sigma \pi_{ik}\ldots\, p_{ik}\ldots)^m$ entspringenden Polynomialcoëfficienten, als lineare Veränderliche ξ. Wegen der Identitäten, denen die p genügen, müssen dann auch zwischen den ξ gewisse lineare Beziehungen bestehen; und zwar besitzen sie offenbar, wie auch die Identitäten selbst, rein numerische reelle Coëfficienten. Daher kann man nach dem Vorigen auf eine und nur auf eine Weise die Identitäten so verwenden, dass bei der gedachten Anordnung von f die Coëfficienten der ξ den nämlichen zwischen den ξ bestehenden linearen Identitäten genügen. Eine solche Form der Function f soll eine *Normalform derselben in Bezug auf die betreffende Reihe der p* genannt werden. Haben wir bezüglich einer Reihe von p eine Normalform herbeigeführt, so können wir eben dasselbe bezüglich jeder andern Reihe thun, und wir erhalten endlich eine völlig bestimmte Form der Function f, welche wir schlechthin als *Normalform* der Function bezeichnen wollen.

§. 5.

Die symbolische Darstellung der Formen, insbesondre in der Normalform.

Die Eigenschaften der so hergestellten Normalform kann man nun ausdrücken und verwerthen, indem man zu einer *symbolischen Darstellung der Form f* übergeht.

Die beliebig gegebene Form f, welche von beliebig vielen Coordi-

natenreihen der Grundgebilde gleicher und verschiedener Classen abhing,
kann man offenbar zunächst als das symbolische Product entsprechend
vieler Formen auffassen, deren jede nur von einer einzigen Coordinatenreihe abhängt, welche dann ihrerseits auch nur in diesem einen symbolischen Factor auftritt. Da nämlich die symbolische Bezeichnung nur
die *linearen* Relationen angeben soll, welche zwischen den Coëfficienten
der Form eintreten, übrigens aber ganz beliebig gewählt werden darf,
so ist die Einführung dieser Symbolik erlaubt, insofern zwischen den
Coëfficienten des Productes dabei gar keine linearen Relationen auftreten, so wenig wie zwischen den Coëfficienten der beliebig gegebenen
Form f[1]. Man kann also symbolisch setzen:

$$1 \quad . \quad . \quad . \quad f = \Pi \varphi(p)$$

wo φ eine homogene Function einer Reihe von p bedeutet (welche auch
eine Reihe von x oder u sein kann), und das Productzeichen sich sowohl auf die verschiedenen Functionen φ als auf die verschiedenen Reihen der p bezieht, welche ihnen einzeln als Argumente angehören.

Da ferner die Herstellung der Normalform von f auf der Herstellung gewisser *linearer* Relationen zwischen den Coëfficienten beruhte, so
können wir dieselbe an der symbolischen Form 1. vornehmen, können
fragen, welche Relationen zwischen den Coëfficienten der symbolischen
Factoren φ dadurch herbeigeführt werden, und wie man etwa eine Bezeichnung der symbolischen Coëfficienten der φ zu wählen habe, damit

---

1) Beispielsweise kann eine beliebige ternäre Form, welche die Veränderlichen
$x_1,\ x_2,\ x_3$ und $y_1,\ y_2,\ y_3$ linear enthält durch das Symbol

$$(a_1 x_1 + a_2 x_2 + a_3 x_3)\,(b_1 y_1 + b_2 y_2 + b_3 y_3)$$

dargestellt werden; denn zwischen den neun symbolischen Coëfficienten

$$a_1 b_1,\ a_1 b_2,\ a_1 b_3$$
$$a_2 b_1,\ a_2 b_2,\ a_2 b_3$$
$$a_3 b_1,\ a_3 b_2,\ a_3 b_3$$

besteht an und für sich keine lineare Beziehung.

sie nur diese und keine andern linearen Relationen ausdrücke, und also
an und für sich die Herstellung der Normalform auszudrücken vermöge [1]).

Bei der Herstellung der Normalform aber würde in Bezug auf jede
Reihe der p einzeln verfahren. Sondern wir also aus 1. das betreffende
$\varphi(p)$ ab, und schreiben

$$f = M \cdot \varphi(p),$$

so bleibt, während wir die Eigenschaften der Normalform, so weit
sie die p betrifft, herstellen, der Factor M vollkommen unbetheiligt;
mit andern Worten: wir haben nur auszudrücken, dass $\varphi(p)$ die Normalform besitze. Indem wir also nochmals daran erinnern, dass die
symbolische Bezeichnung nur bestimmt ist, die zwischen den Coëfficienten eintretenden *linearen* Beziehungen anzudeuten, können wir den Satz
aussprechen:

Die Normalform einer Form mit beliebig vielen Reihen von Coordi-
naten beliebig verschiedener Grundgebilde kann symbolisch ersetzt werden
durch das Product von Functionen, deren jede nur eine der Coordinaten-
reihen enthält, und bezüglich derselben die Normalform besitzt.

Haben wir so die Normalform einer beliebigen Function auf die
Normalform der Functionen mit nur einer Coordinatenreihe zurückgeführt, so können wir jetzt fragen, wie man die Eigenschaften der Normalform einer Function mit nur einer Coordinatenreihe durch eine passend gewählte Symbolik auszudrücken im Stande ist. Denken wir uns
die Function m^t Ordnung $\varphi(p)$ wieder als lineare Function der ξ, d. h. der
Producte und Potenzen der p, multiplicirt mit den oben erwähnten Quadratwurzeln aus Polynomialcoëfficienten, so besteht die Eigenschaft der

---

1) Eine symbolische Darstellung der Gleichungen von Liniencomplexen, bei welchen die Coordinaten der Geraden wie sechs unabhängige Veränderliche betrachtet
werden, hat Hr. Battaglini gegeben und benutzt. Aber in jener Darstellung ist es
eine *zufällige* Gestalt der Form f, welche durch die Symbolik dargestellt wird. Die
im Folgenden eingeführte Symbolik ist eine ganz andre, indem sie die Eigenschaften einer bestimmten organisch bevorzugten Gestalt der Form entnommen ist und
diese Eigenschaften genau darstellt.

Normalform darin, dass zwischen ihren Coëfficienten dieselben linearen Relationen stattfinden wie zwischen den ξ. Nun sind diese aber genau und ausschliesslich diejenigen, welche durch den Umstand hervorgerufen werden, dass die ξ eben Producte der p waren, mit jenen Quadratwurzeln multiplicirt. Daher kann man symbolisch die Coëfficienten von φ ebenfalls durch Potenzen und Producte von Grössen π, mit jenen Quadratwurzeln multiplicirt, ersetzen, wo die π genau die Eigenschaften der p haben, also Determinanten aus einer Anzahl von Reihen symbolischer Grössen sind. Dann aber geht sofort φ in die symbolische Form

$$\varphi(p) = \{ \Sigma \, \pi_{ih\ldots} \, p_{ih\ldots} \}^m$$

über, welche denn nun die linearen Eigenschaften der Coëfficienten der Normalform, und keine andern als diese, vollständig angiebt.

Das Argument der m^{ten} Potenz, welche wir für $\varphi(p)$ setzen können, lässt sich in zwei verschiedenen Arten als Determinante darstellen. Bezeichnen wir durch

$$\begin{array}{cccc} a_1, & a_2 & \cdots & a_n \\ b_1, & b_2 & \cdots & b_n \\ & \cdot & \cdot & \cdot \end{array}$$

Symbolreihen, welche den u, durch

$$\begin{array}{cccc} \alpha_1, & \alpha_2 & \cdots & \alpha_n \\ \beta_1, & \beta_2 & \cdots & \beta_n \\ & \cdot & \cdot & \cdot \end{array}$$

solche, welche den x gleichartig sind; sei ferner k die Zahl der in den Determinanten p enthaltenen Reihen $u, v \ldots$ Dann können wir die π aus k Reihen $\alpha, \beta \ldots$ zusammensetzen. Aber wegen der Gleichungen, welche in §. 2 entwickelt wurden, können wir

$$\pi_{ih\ldots} = x_{\mu\nu\ldots}$$

setzen, wo $i, h \ldots \mu, \nu \ldots$ eine positive Permutation der Zahlen $1. 2 .. n$ ist, und wo die x nun Determinanten aus $n-k$ Reihen $a, b, c \ldots$ sind. Sofort geht dann $\Sigma \, \pi_{ih\ldots} \, p_{ih\ldots}$ in die Determinante der Reihen $a, b, c \ldots u, v \ldots$ über, und man hat also:

$$\varphi(p) = (a,\, b \ldots u,\, v \ldots)^m.$$

Andrerseits kann man die π beibehalten, statt der p aber Grössen q einführen, welche aus $n-k$ Reihen von Punctcoordinaten $x,\, y \ldots$ zusammengesetzt sind, und welche man bei passender Wahl der absoluten Werthe sich den p nicht nur proportional sondern auch gleich gemacht denken kann. Dann wird $\Sigma\,\pi_{ih\ldots}\,p_{ih\ldots}$ abermals eine Determinante, und man hat den zweiten symbolischen Ausdruck von φ, welcher mit dem vorigen ganz gleichberechtigt ist:

$$\varphi(p) = (x,\, y \ldots \alpha,\, \beta \ldots)^m.$$

Man kann also endlich die Theorie der Normalform in folgendem Satze zusammenfassen:

Eine Form kann immer auf eine, und nur auf eine Weise mit Hülfe der zwischen den Coordinaten bestehenden Identitäten in eine Form gebracht werden, welche der aequivalenten symbolischen Darstellungen

$$f = \Pi\,(a,\, b,\, \ldots u,\, v,\, \ldots)^m$$
$$= \Pi\,(x,\, y,\, \ldots \alpha,\, \beta,\, \ldots)^m$$

fähig ist [1].

§. 6.

Definition der Normalform durch partielle Differentialgleichungen.

Man kann endlich den Charakter der Normalform auch dadurch ausgedrückt finden, *dass, wenn man die p wie von einander unabhängige Veränderliche ansieht, f in Bezug auf dieselben einer Anzahl von partiellen Differentialgleichungen genügt.* Sei nämlich $P = 0$ irgend eine identische Gleichung, welcher die p genügen, und also P eine homogene Function dieser p, etwa von der k^{ten} Ordnung:

$$P = \Sigma\, C.p_{ih\ldots}\,p_{i'h'\ldots}\,\cdots$$

---

1) Noch zwei andre Darstellungen der Normalform erhält man, wenn man gleichzeitig die $a,\, b \ldots$ und die $x,\, y \ldots$, oder gleichzeitig die $\alpha,\, \beta \ldots$ und die $u,\, v \ldots$, benutzt. Für die Liniencomplexe habe ich diese vier Darstellungen schon im 2. Bande der Math. Annalen gegeben.

wo die C Constante sind. *Es genügt dann f immer der partiellen Differentialgleichung*

$$2 \quad \ldots \quad 0 = \Sigma\, C . \frac{\partial^k f}{\partial_{p_{ih}\ldots}\, \partial_{p_{i'h'}\ldots}\ldots} ,$$

Denn f hat, indem wir alles von diesen p unabhängige in einen Factor M zusammenfassen, den symbolischen Ausdruck

$$f = M . \theta^m ,$$

wo

$$\theta = \Sigma\, \pi_{ih\ldots}\, p_{ih\ldots} .$$

Ist nun $m < k$, so ist die Gleichung 2. von selbst erfüllt; ist aber $m \gtrless k$, so verwandelt sich die Gleichung 2. in folgende:

$$0 = M\theta^{m-k} . \Sigma\, C . \pi_{ih\ldots}\, \pi_{i'h'\ldots}\, \ldots$$

Da aber die π genau denselben Identitäten wie die p genügen, so hat man identisch

$$\Sigma\, C . \pi_{ih\ldots}\, \pi_{i'h'\ldots}\, \ldots = 0 ,$$

die Gleichung 2. ist also erfüllt, wie zu beweisen war.

So oft also zwischen den Coordinaten p irgend einer in f auftretenden Reihe eine Identität

$$\Sigma\, C . p_{ih\ldots}\, p_{i'h'\ldots}\, \ldots = 0$$

besteht, genügt f in der Normalform einer partiellen Differentialgleichung

$$\Sigma\, C . \frac{\partial^k f}{\partial_{p_{ih}\ldots}\, \partial_{p_{i'h'}\ldots}\ldots} = 0 ,$$

bei deren Bildung die p wie von einander unabhängige Veränderliche zu betrachten sind.

Das einfachste Beispiel für diese Art die Normalform zu definiren giebt die Art und Weise, in welcher ich im zweiten Bande der Math. Annalen die Normalform der Liniencomplexe definirt habe. Zwischen den 6 Coordinaten einer Geraden besteht die Gleichung

$$P = p_{12}p_{34} + p_{13}p_{42} + p_{14}p_{23} = 0 .$$

Demnach ist die Normalform eines Complexes $f = 0$ m^{ten} Grades dadurch gegeben, dass man zu f den Ausdruck P, multiplicirt mit einem Ausdruck M des $(m-2)^{\text{ten}}$ Grades hinzufügt, letzteren aber so bestimmt, dass die Normalform

$$\varphi = f + MP$$

die partielle Differentialgleichung

$$\frac{\partial^2\varphi}{\partial p_{12}\,\partial p_{34}} + \frac{\partial^2\varphi}{\partial p_{13}\,\partial p_{42}} + \frac{\partial^2\varphi}{\partial p_{14}\,\partial p_{23}} = 0$$

befriedigt.

§. 7.

Aequivalenz der Formensysteme. Aequivalentes System für eine Form, welche zwei Coordinatenreihen derselben Classe enthält.

Ich habe mich im Vorigen ausschliesslich damit beschäftigt, eine bestimmte, organisch geforderte Gestalt anzugeben, welche man jeder Form f, und zwar nur auf eine Weise, zu geben im Stande ist. Ich setze nun die allgemeinste Form f immer in der Normalform gegeben voraus, und wende mich zur Hauptfrage dieser Untersuchung. Diese Frage geht dahin, ob es möglich sei eine solche Form f, welche von allen Classen von Veränderlichen beliebig viele Reihen zu beliebig hohen Graden enthalten mag, durch ein simultanes System einfacherer Formen zu ersetzen, deren Invariantensystem mit dem der gegebenen identisch sei. Es ist hierzu zweierlei erforderlich. Es müssen die zu substituirenden einfacheren Formen

$$\varphi_0,\ \varphi_1,\ \varphi_2\ \cdots$$

selbst Invarianten von f sein (wobei ich immer den Ausdruck Invariante in der oben festgesetzten allgemeineren Bedeutung nehme). Aber auch umgekehrt muss f eine Invariante von $\varphi_0,\ \varphi_1 \ldots$ sein. Nur unter der Bedingung, dass beide Forderungen gleichzeitig erfüllt sind, ist jede Invariante von f auch eine Invariante des Systems der φ und umgekehrt; nur unter dieser Voraussetzung also kann man in Bezug auf alle Bildungen von Invarianten die Form f durch das System der φ ersetzen. Jedes solche System von Formen φ soll mit *f aequivalent* heissen, und verschiedene derartige Systeme φ sollen selbst unter einander aequivalent genannt werden.

Es ist begreiflicherweise nicht möglich sofort das System einfacher Formen anzugeben, welches die Stelle einer beliebig verwickelten Form *f* zu vertreten im Stande ist. Ich werde ein successives Verfahren angeben, durch welches man zunächst für *f* ein System einfacherer Formen setzt, sodann für jede der neuen Formen wieder ein System von einfacheren u. s. w.; und werde zeigen, *dass man auf solche Weise immer zu einem Systeme von Formen gelangt, deren jede höchstens eine Reihe von Veränderlichen aus jeder Classe enthält.*

Ich nehme also an, dass die gegebene Form *f* wenigstens aus einer Classe von Veränderlichen zwei Reihen, p und p', enthalte, und werde zeigen, wie man, ohne die übrigen Reihen zu verändern, zunächst für *f* ein System mit *f* aequivalenter Formen setzen kann, welche in Bezug auf die Reihen p, p' sich von *f* verschieden verhalten. Dass dies System gerade in der Richtung, auf welche es hier ankommt, einfachere Eigenschaften als *f* hat, wird der Lauf der Betrachtung lehren. Zu dieser Reduction benutze ich eine Formel, welche Hr. Gordan im dritten Bande der Math. Annalen gegeben hat, und welche ich selbst in meiner „Theorie der binären Formen" aufgestellt habe (§. 8.). Diese Formel bezieht sich zunächst auf binäre Formen. Es sei *f* eine binäre Form, welche die beiden Reihen ξ_1, ξ_2 und η_1, η_2 zu beliebig hoher Ordnung enthalten mag. Durch wiederholte Anwendung einer Differentialoperation Ω entstehen aus *f* die Formen

$$1. \quad . \quad . \quad . \quad \Omega f, \quad \Omega^2 f, \quad \Omega^3 f \ldots,$$

und zwar bestehe die Operation Ω darin, dass man für eine ihr zu unterwerfende Function φ den Ausdruck

$$\frac{\partial^2 \varphi}{\partial \xi_1 \, \partial \eta_2} - \frac{\partial^2 \varphi}{\partial \xi_2 \, \partial \eta_1}$$

bildet, und durch die Ordnnngen dividirt, welche φ in den ξ und η besitzt. Setzt man nunmehr in *f* und in den Formen 1. die η den ξ

gleich, so erhält man die folgende Reihe von Formen mit nur einer Reihe von Veränderlichen (ξ):

$$\psi_0, \psi_1, \psi_2 \ldots$$

Es bedeute endlich $\Delta\varphi$ das Resultat der Anwendung einer zweiten Differentialoperation auf eine Form φ, $\Delta^2\varphi$, $\Delta^3\varphi' \ldots$ die Resultate ihrer Wiederholung. Und zwar bestehe die Anwendung von Δ darin, dass man den Ausdruck

$$\eta_1 \frac{\partial\varphi}{\partial\xi_1} + \eta_2 \frac{\partial\varphi}{\partial\xi_2}$$

für die der Operation zu unterwerfende Function bildet, und durch die Ordnung der Function in den ξ dividirt. Alsdann besteht die folgende identische Gleichung, von welcher hier Gebrauch zu machen ist und welche an den angeführten Orten bewiesen ist:

$$2. \quad \ldots \quad f = \Delta^\nu\psi_0 + \alpha_1 . (\xi\eta)\Delta^{\nu-1}\psi_1 + \alpha_2 . (\xi\eta)^2 \Delta^{\nu-2}\psi_2 \ldots$$

Dabei ist $(\xi\eta) = \xi_1\eta_2 - \xi_2\eta_1$, und die α sind numerische Coëfficienten, auf deren Werthe es hier nicht ankommt.

Um die Formel 2. für die vorliegende Untersuchung brauchbar zu machen, bemerke ich zunächst, dass die Potenzen von $(\xi\eta)$ unter die Operationszeichen Δ gezogen werden können, denn sie liefern bei Anwendung der Operation Δ immer Null, ändern also nur die Ordnung der ihr unterworfenen Function, und die numerischen Coëlficienten α werden daher andere, so dass man schreiben kann:

$$3. \quad \ldots \quad f = \Delta^\nu\psi_0 + \beta_1 . \Delta^{\nu-1}((\xi\eta)\psi_1) + \beta_2 \Delta^{\nu-2}((\xi\eta)^2\psi_2) + \ldots$$

Hierin setze ich (vgl. auch die Abh. von Gordan „über Combinanten" in Bd. 5. der Math. Ann.) für f den Ausdruck $\xi_1^\mu \eta_2^\nu$, sodann aber für ξ_1 und η_2 die folgenden linearen Ausdrücke mit je n Veränderlichen:

$$4. \quad \ldots \quad \xi_1 = r_x, \quad \eta_1 = r_y, \quad \xi_2 = s_x, \quad \eta_2 = s_y.$$

Es wird dann $f = r_x^\mu s_y^\nu$ der allgemeine symbolische Ausdruck einer Form mit zwei Reihen gleichartiger Veränderlicher. Sehen wir nun, was zugleich aus der rechten Seite von 3. wird. Wenden wir auf $\xi_1^\mu \eta_2^\nu$

wiederholt den Process Ω an, so erhalten wir der Reihe nach die Ausdrücke

$$\xi_1^{\mu-1}\,\eta_2^{\nu-1}\,,\quad \xi_1^{\mu-2}\,\eta_2^{\nu-2}\,\ldots;$$

die Functionen ψ sind daher in diesem Falle:

$$\psi_0 = \xi_1^{\mu}\,\xi_2^{\nu}\,,\quad \psi_1 = \xi_1^{\mu-1}\,\xi_2^{\nu-1}\,,\ldots$$

oder, wenn man die Werthe 4. einführt:

$$\psi_0 = r_x^{\mu}\,s_x^{\nu}\,,\quad \psi_1 = r_x^{\mu-1}\,s_x^{\nu-1}\,,\ldots$$

und unter den Operationszeichen Δ stehen in 3. die Functionen:

$$5. \quad \ldots \quad \varphi_0 = r_x^{\mu}\,s_x^{\nu}\,,\quad \varphi_1 = r_x^{\mu-1}\,s_x^{\nu-1}\,(r_x s_y - s_x r_y)\,,$$
$$\varphi_2 = r_x^{\mu-2}\,s_x^{\nu-2}\,(r_x s_y - s_x r_y)^2\,,\ldots$$

Die Operation Δ besteht nun, abgesehen von numerischen Factoren, in der Operation $\eta_1\frac{\partial}{\partial \xi_1} + \eta_2\frac{\partial}{\partial \xi_2}$, d. h. darin dass man successive in jeden von den ξ abhängigen linearen Factor der betreffenden Form für die ξ die η einsetzt und die Summe aller erhaltenen Ausdrücke bildet. Die ξ aber gehen nach 4. in die η über, wenn man die x durch die y ersetzt. Daher ist die Operation $\eta_1\frac{\partial}{\partial \xi_1} + \eta_2\frac{\partial}{\partial \xi_2}$ völlig identisch mit der Operation

$$y_1\frac{\partial}{\partial x_1} + y_2\frac{\partial}{\partial x_2} + \ldots,$$

und man kann also in 3. statt Δ bis auf numerische Factoren diese Operation setzen. Alsdann geht nunmehr die Gleichung 3. in folgende Form über:

$$6. \quad \ldots \quad r_x^{\mu}\,s_y^{\nu} = \Delta^{\nu}\varphi_0 + \beta_1\cdot\Delta^{\nu-1}\varphi_1 + \beta_2\cdot\Delta^{\nu-2}\varphi_2\,\ldots,$$

wo die φ durch die Gleichungen 5. definirt sind.

Hieraus folgt, dass das System der φ der Form $f = r_x^{\mu}\,s_y^{\nu}$ aequivalent ist. Denn wegen der Gleichung 5. entstehen die φ aus f durch invariante Processe, während nach 6. ebenso f sich aus den φ mit Hülfe invarianter Processe zusammensetzt. Man kann also den Satz aussprechen:

Für eine Form, deren symbolischer Ausdruck

$$f = r_x^\mu s_y^\nu$$

ist, welche also von zwei Reihen gleichartiger Veränderlicher abhängt, kann man das ihr aequivalente System setzen:

$$\varphi_0 = r_x^\mu s_x^\mu, \quad \varphi_1 = r_x^{\mu-1} s_x^{\nu-1}(r_x s_y - s_x r_y), \quad \varphi_2 = r_x^{\mu-2} s_x^{\nu-2}(r_x s_y - s_x r_y)^2, \ldots$$

Für binäre Formen enthält dieser Satz den Beweis dafür, dass es hinreicht, Grundformen und Covarianten mit einer einzigen Reihe von Veränderlichen zu betrachten. Denn in diesem Falle scheiden aus $\varphi_1, \varphi_2 \ldots$ die Factoren (xy), $(xy)^2 \ldots$ aus und es bleiben Functionen der x allein übrig. Die Form f mit zwei Reihen ist also einem Systeme von Formen mit nur einer Reihe aequivalent, daher auch eine Form mit k Reihen einem Systeme von Formen mit $k-1$ Reihen, und indem man diesen Satz mehrmals hinter einander anwendet, kann man jede Form mit beliebig vielen Reihen auf ein System von Formen mit nur einer Reihe zurückführen. So ist die betreffende Untersuchung in meiner „Theorie der binären Formen" §. 14. geführt.

Für Formen ans einer höhern Mannigfaltigkeit kann man nnn einen ähnlichen Weg einschlagen, wenn auch mit mehr Schwierigkeiten. Der Allgemeinheit wegen muss man an Stelle der x und y der vorigen Formel zwei Coordinatenreihen p, p' treten lassen, welche zwei Grundgebilden derselben Classe $(n-k, k)$ angehören. Die Function f mag zunächst beliebig viele Coordinatenreihen jeder Classe enthalten; sie mag ferner die Normalform besitzen. Man kann dann symbolisch

$$f = M . \{ \Sigma \pi_{ih} \ldots p_{ih} \ldots \}^\mu \{ \Sigma \pi'_{ih} \ldots p'_{ih} \ldots \}^\nu$$

setzen, wo M alle andern Reihen von Veränderlichen enthält. Da aber im Folgenden von diesen zunächst gar kein Gebrauch gemacht wird, so kann man den Factor M überall übergehen. Man setzt also

$$1. \quad \ldots \quad f = \theta_p^\mu \theta_{p'}^\nu,$$

wo

$$2. \quad \ldots \quad \begin{aligned} \theta_p &= \Sigma \pi_{ih} \ldots p_{ih} \ldots \\ \theta'_{p'} &= \Sigma \pi'_{ih} \ldots p'_{ih} \ldots, \end{aligned}$$

und erhält für die Formen φ_λ des aequivalenten Systems die Ausdrücke

$$3. \quad \ldots \quad \varphi_\lambda = \theta_p^{\mu-\lambda}\,\theta_p^{\nu-\lambda}\,\{\theta_p\,\theta'_{p'} - \theta_{p'}\,\theta'_p\}^\lambda.$$

§. 8.
Ein Determinantensatz.

Um nun die Untersuchung ähnlich wie es für die binären Formen geschah weiter zu führen, bedarf ich des folgenden Hülfssatzes:

Wenn p, p' Coordinatenreihen derselben Classe $(n-k, k)$ sind, so kann man den Ausdruck

$$\theta_p\,\theta'_{p'} - \theta_{p'}\,\theta'_p$$

immer in ein Aggregat solcher Formen auflösen, deren jede statt der p, p' zwei andre Coordinatenreihen aus Classen enthält, welche unter sich und von der Classe der p verschieden sind, und zwar ist, wenn eine dieser Classen $(n-k+h, k-h)$ ist, die andre immer $(n-k-h, k+h)$; die Zahl h aber ist für verschiedene Theile des Aggregats verschieden, nur niemals gleich Null.

Man kann den hierin enthaltenen Determinantenssatz auch folgendermassen aussprechen:

„*Wenn man aus zwei unvollständigen Systemen von k Reihen mit je n Grössen $(k < n)$:*

$$4. \quad \ldots \quad \begin{array}{cccc} u_1^{(1)} & u_2^{(1)} & \ldots & u_n^{(1)} \\ u_1^{(2)} & u_2^{(2)} & \ldots & u_n^{(2)} \\ & \cdot & \cdot & \cdot \\ u_1^{(k)} & u_2^{(k)} & \ldots & u_n^{(k)} \end{array}$$

und

$$5. \quad \ldots \quad \begin{array}{cccc} v_1^{(1)} & v_2^{(2)} & \ldots & v_n^{(1)} \\ v_1^{(2)} & v_2^{(2)} & \ldots & v_n^{(2)} \\ & \cdot & \cdot & \cdot \\ v_1^{(k)} & v_2^{(k)} & \ldots & v_n^{(k)} \end{array}$$

4

zwei Paare entsprechender Determinanten bildet und aus ihnen eine zwei-reihige Determinante zusammensetzt, so lässt sich diese als ein Aggregat von Determinantenproducten schreiben, bei denen immer ein Factor eine Determinante aus wenigstens $k+1$ der Reihen 4. 5., der andere eine Determinante aus höchstens $k-1$ derselben ist.

Man erhält diese Form des Satzes, indem man nur den Coëfficienten irgend eines Products von π in dem vorigen Satze betrachtet; dies ist erlaubt, da diese Grössen π linear-unabhängig sind.

Den fraglichen Satz kann man in folgender Art beweisen[1]. Von den beiden Determinantenformen, welche man nach §. 5. den Ausdrücken θ_p, $\theta'_{p'}$ geben kann, benutze ich die eine für θ_p, die andere für $\theta'_{p'}$. Ich setze die p aus k Reihen $u, v \ldots$, die p' aus $n-k$ Reihen $x', y' \ldots$ dagegen die π aus $n-k$ Reihen $a, b \ldots$, die π' aus k Reihen $\alpha', \beta' \ldots$ zusammen. Man hat dann

$$\theta_p = (a\,b \; \ldots \; u\,v \; \ldots)$$
$$\theta'_{p'} = (x'\,y' \; \ldots \; \alpha'\,\beta' \; \ldots)$$

Das Product beider ist nach den gewöhnlichen Regeln die Determinante:

$$\theta_p\,\theta'_{p'} = \begin{array}{|ccccc|c}
1 & 2 & & n-k+1 & n-k+2 & \\
a_{x'} & a_{y'} & \cdots & a_{\alpha'} & a_{\beta'} \cdots & 1 \\
b_{x'} & b_{y'} & \cdots & b_{\alpha'} & b_{\beta'} \cdots & 2 \\
& & \cdot\; \cdot\; \cdot & & & \\
u_{x'} & u_{y'} & \cdots & u_{\alpha'} & u_{\beta'} \cdots & n-k+1 \\
v_{x'} & v_{y'} & \cdots & v_{\alpha'} & v_{\beta'} \cdots & n-k+2 \\
& & \cdot\; \cdot\; \cdot & & &
\end{array}$$

Wir können diese Determinante zusammensetzen aus Producten von je einer Determinante mit $n-k$ Reihen, deren Elemente den ersten $n-k$ Horizontalreihen entnommen sind, mit je einer Determinante von k Reihen, deren Elemente aus den k letzten Reihen genommen sind. Ein solches Product ist

---

1) Die Form dieses Beweises verdanke ich für $n=4$ Herrn Gordan, wonach der Beweis des allgemeinen Falles leicht zu gestalten war.

$$\left|\begin{array}{cccc} a_{x'} & a_{y'} & \cdots \\ b_{x'} & b_{y'} & \cdots \\ & & \cdots \end{array}\right| \cdot \left|\begin{array}{cccc} u_{\alpha'} & u_{\beta'} & \cdots \\ v_{\alpha'} & v_{\beta'} & \cdots \\ & & \cdots \end{array}\right|;$$

aus diesem entstehen die übrigen, wenn man allmälig eine, zwei . . . Reihen der α', β' . . mit einer, zwei . . . Reihen der x', y' . . . in allen Combinationen vertauscht, und bei jeder Vertauschung zweier Reihen das Vorzeichen ändert.

Aber die Determinante

$$\left|\begin{array}{cccc} a_{x'} & a_{y'} & \cdots \\ b_{x'} & b_{y'} & \cdots \\ & & \cdots \end{array}\right|$$

zerfällt nach bekannten Sätzen in die Summe von Producten entsprechender Determinanten, welche aus den unvollständigen Systemen

$$\left|\begin{array}{cccc} a_1 & a_2 & \cdots & a_n \\ b_1 & b_2 & \cdots & b_n \\ & & \cdots & \end{array}\right| \cdot \left|\begin{array}{cccc} x'_1 & x'_2 & \cdots & x'_n \\ y'_1 & y'_2 & \cdots & y'_n \\ & & \cdots & \end{array}\right|$$

gebildet werden, ist also nichts anderes als $\theta_{p'}$; und ebenso ist die Determinante

$$\left|\begin{array}{cccc} u_{\alpha'} & u_{\beta'} & \cdots \\ v_{\alpha'} & v_{\beta'} & \cdots \\ & & \cdots \end{array}\right|$$

nichts anderes als θ'_p. Daher ist nunmehr

$$\theta_p \theta'_{p'} = \theta'_p \theta_{p'} + \Phi,$$

wo Φ ein Aggregat von Determinantenproducten bedeutet; und zwar entstehen diese Producte nach dem Obigen aus $\theta'_p \theta_{p'}$, wenn man darin allmälig eine, zwei . . . Reihen der α', β' . . . mit einer, zwei . . . Reihen der x', y' . . . in allen Combinationen vertauscht, und bei jeder Vertauschung zweier Reihen das Vorzeichen ändert.

4 *

In der Gleichung

$$\theta_p \theta'_{p'} - \theta'_p \theta_{p'} = \Phi$$

ist nun der Satz enthalten, welcher hier bewiesen werden sollte. In der That haben die Determinantenproducte, in welche Φ zerfällt, den im Satze angegebenen Character. Wenn wir nämlich jetzt in dem Producte

$$\theta'_p \theta_{p'} = \Sigma \pi'_{ih} \ldots p_{ih} \ldots \Sigma \pi_{ih} \ldots p'_{ih} \ldots$$

die π', p' wie oben ausdrücken, aber die p durch die Determinanten von $n-k$ Reihen x, y . . . ., die π durch die Determinanten von k Reihen α, β . . . ausdrücken, so wird

$$\theta'_p \theta_{p'} = (\alpha'\beta' \ldots xy \ldots)(\alpha\beta \ldots x'y' \ldots).$$

Wenn man hier also, um die Glieder von Φ zu bilden, eine oder mehrere der Reihen x', y' . . . mit ebenso vielen Reihen α', β' . . . vertauscht, so entstehen ausschliesslich Determinantenproducte, deren erster Factor mehr als $n-k$ Reihen veränderlicher Punctcoordinaten enthält, während das andre ebenso viel solcher Reihen weniger hat. Ordnet man aber jedes solche Product wieder nach den Coordinaten von Grundgebilden, welche in den Factoren des Products auftreten, und ist in irgend einem solchen Producte h die Anzahl der Reihenvertauschungen, so sieht man, dass in dem einen Factor Coordinaten eines Grundgebildes $(n-k+h, k-h)$, im andern Coordinaten eines Grundgebildes $(n-k-h, k+h)$ auftreten, und dass h nicht Null sein kann. Der oben ausgesprochene Satz ist also damit bewiesen.

<h3 style="text-align:center">§. 9.</h3>

Eine Eigenschaft der in dem Determinantensatze auftretenden Aggregate.

Das ganze Aggregat Φ theilt sich nach den Werthen der Zahl h in Producte, bei denen eine, zwei etc. Vertauschungen stattgefunden haben. Die Producte derselben Gruppe unterscheiden sich dann noch nach der Wahl derjenigen Reihen x', y' . . . einerseits und derjenigen Reihen α', β' . . . andrerseits, welche bei der Vertauschung benutzt sind. Ich werde die ganze einer Zahl h entsprechende Gruppe durch $\Sigma\Phi_h$ bezeichnen, und dabei unter Φ_h das Aggregat derjenigen Producte verstehen, bei deren Erzeugung stets dieselben h unter den Reihen x', y' . . . benutzt sind, in Verbindung mit allen möglichen Combinationen zu h der Reihen α', β' . . . . Es ist dann

$$\Phi \doteq \Sigma\Phi_1 + \Sigma\Phi_2 + \ldots$$

Diese einzelnen Aggregate Φ_h haben eine Eigenschaft, welche für das folgende sehr wesentlich ist. Diese Aggregate enthalten zwar die Reihen α, β . . . noch in den ursprünglichen Verbindungen π, aber, wenigstens äusserlich, kommen die α', β' . . . nicht mehr ausschliesslich in den Verbindungen π' vor, denn indem man einige Reihen x', y' . . . mit einigen Reihen α', β' . . . vertauschte, hat man diese Verbindungen gelöst. Aber andrerseits waren die α', β' . . . symbolische Grössen, welche nur insofern eine wirkliche Bedeutung hatten, als aus ihnen die Producte π, zu μ mit einander multiplicirt, gebildet waren, und allein in den betrachteten Ausdrücken vorkamen. Man kann also, ohne auf die Möglichkeit des Rücküberganges von den symbolischen Grössen zu wirklichen zu verzichten, keine Trennung der symbolischen Darstellungen vornehmen, bei welcher die α', β' . . . aus ihren Verbindungen π' getrennt werden. Daher ist folgender Satz von Wichtigkeit:

In den Aggregaten Φ_h kommen die α', β' . . . nur in den Verbindungen π' vor.

Um diesen Satz zu beweisen, füge ich den Bezeichnnngen Φ_1, Φ_2 . . . noch die Bezeichnung Φ_0 hinzn, und zwar bedeute Φ_0 den Ausdruck

$$\Phi_0 = (\alpha\beta \ldots x'y' \ldots)(\alpha'\beta' \ldots xy \ldots).$$
$$= \Sigma\pi_{ih}\ldots p'_{ih}\ldots . \Sigma\pi'_{ih}\ldots p_{ih}\ldots .$$

Aus diesem gehen die verschiedenen Ausdrücke Φ_h hervor, indem man successive die Reihen der x', y' . . . mit den Reihen α', β' . . . vertauscht, bei jeder Vertauschung das Zeichen wechselt, und diejenigen Formen zusammenfasst, bei welchen dieselben Reihen x', y' . . . zur Vertauschung kamen.

. Gehen wir von einer Function $(-1)^h \Phi_h$ aus, wo der Factor $(-1)^h$ hinzugefügt ist, um die bei den Vertauschungen auszuführenden Zeichenänderungen nicht besonders berücksichtigen zu müssen. Diejenigen unter den Reihen $x', y' \ldots$, welche zur Vertauschung bereits benutzt sind, seien $z', t' \ldots$. In einem jeden der Φ_h constituirenden Producte kommen in einem Factor mit $z', t' \ldots$ noch $k-h$ der Reihen $\alpha', \beta' \ldots$ vor, im andern mit $x', y' \ldots$ noch h dieser Reihen; die Gesammtzahl der Producte in $(-1)^h \Phi_h$ ist daher gleich der Zahl der Combinationen von k Elementen zu h, also gleich

$$\frac{k \cdot k-1 \ldots k-h+1}{1 \cdot 2 \ldots h}.$$

Bilden wir nun den Ausdruck

$$(-1)^h \sum_\varrho \sum_\sigma x'_\rho \frac{\partial}{\partial x'_\sigma} \left\{ \alpha'_\sigma \frac{\partial \Phi_h}{\partial \alpha'_\rho} + \beta'_\sigma \frac{\partial \Phi_h}{\partial \beta'_\rho} + \ldots \right\}.$$

Es bedeutet dies, dass man das Aggregat der Producte bildet, welche aus den Gliedern von $(-1)^h \Phi_h$ hervorgehen, wenn man eine noch nicht benutzte Reihe x' der Reihe nach mit *allen* Reihen $\alpha', \beta' \ldots$ vertauscht. Man erhält hierdurch im Ganzen

$$\frac{k \cdot k-1 \ldots k-h+1}{1 \cdot 2 \ldots h} \cdot k$$

Producte. Von diesen gehören zu einer Function $(-1)^{h+1} \Phi_{h+1}$ alle diejenigen, bei welchen die Reihe x' in den andern Factor des Products übergegangen ist; die übrigen kamen schon bei $(-1)^h \Phi_h$ vor und haben nur das Zeichen geändert, bilden also die Glieder von $(-1)^{h-1} \Phi_h$. Jedes Glied der letztern Art entsteht h mal, da in jedem Gliede von $(-1)^h \Phi_h$ die Reihe x' noch mit h der Reihen $\alpha', \beta' \ldots$ in demselben Factor vorkam. Dagegen ergeben sich von Gliedern der ersten Art

$$\frac{k \cdot k-1 \ldots k-h+1 \cdot k-h}{1 \cdot 2 \ldots h},$$

also jedes der

$$\frac{k \cdot k-1 \ldots k-k+1 \cdot k-h}{1 \cdot 2 \ldots h+1}$$

Glieder $h+1$ mal; wie in der That auch jedes dieser Glieder $h+1$ mal entstehen kann, indem die Reihe x' mit jeder der $h+1$ Reihen, welche nachher im zweiten Factor des betreffenden Products vorkommen, *zuletzt* vertauscht sein kann.

Uebergeht man also den Factor $(-1)^h$, so hat man also die recurrente Formel zur Bestimmung der Functionen Φ_h:

$$1 \ldots \sum_\varrho \sum_\sigma x'_\rho \frac{\partial}{\partial x_\sigma} \left\{ \alpha'_\sigma \frac{\partial \Phi_h}{\partial \alpha'_\rho} + \beta'_\sigma \frac{\partial \Phi_h}{\partial \beta'_\rho} \ldots \right\} = -h \Phi_h - (h+1) \Phi_{h+1}.$$

An diese Formel knüpft sich leicht der geforderte Beweis. Unter den Functionen Φ_h ist Φ_0 jedenfalls eine lineare Function der π', indem auch von vorn herein in Φ_0 die α', β' ... in keinen andern Verbindungen vorkommen. Nehmen wir also an, auch die Functionen Φ_h enthielten die α', β' ... in keiner andern Weise, und beweisen, dass es dann mit den Functionen Φ_{h+1} ebenso ist, so folgt, dass überhaupt alle Φ_h diese Eigenschaft besitzen, was zu beweisen war. Ist aber Φ_h von der Form

$$\Phi_h = \Sigma \pi'_{ik\ldots} \mu_{ik\ldots},$$

wo die μ keine α', β' ... mehr enthalten, so ist nach 1.:

$$-(h+1)\Phi_{h+1} - h\Phi_h = \Sigma\Sigma\Sigma x'_\rho \frac{\partial}{\partial x_\sigma} \left\{ \mu_{ik..} \left(\alpha'_\sigma \frac{\partial \pi'_{ik\ldots}}{\partial \alpha'_\rho} + \beta'_\sigma \frac{\partial \pi'_{ik\ldots}}{\partial \beta'_\rho} + \ldots \right) \right\}.$$

Entweder enthält nun die Determinante $\pi'_{ik\ldots}$ die Reihe (bez. den Index) ρ nicht; dann ist

$$\alpha'_\sigma \frac{\partial \pi'_{ik..}}{\partial \alpha'_\rho} + \beta'_\sigma \frac{\partial \pi'_{ik\ldots}}{\partial \beta'_\rho} \ldots = 0;$$

oder sie enthält die Reihe ρ, ist also durch

$$\pi'_{ik..\rho\ldots}$$

zu bezeichnen; dann ist

$$\alpha'_\sigma \frac{\partial \pi'_{ik..\rho\ldots}}{\partial \alpha'_\rho} + \beta'_\sigma \frac{\partial \pi'_{ik\ldots\rho\ldots}}{\partial \beta'_\rho} \ldots = \pi'_{ik_1.\sigma\ldots},$$

also wieder ein π', und Φ_{h+1} enthält also in der That die α', β' ... nur in diesen Verbindungen.

§. 10.

Ein Formensystem, welches einer Form f aequivalent ist, und verhältniss-mässig einfachere Eigenschaften besitzt.

Ich kehre nunmehr zu den Untersuchungen des §. 7. zurück. Eine Form f, welche die beiden Coordinatenreihen p, p' derselben Classe enthielt, wurde durch ein aequivalentes System von Formen φ ersetzt. War symbolisch

$$f = \theta_p^\mu \, \theta_{p'}^\nu,$$

so waren die Formen des aequivalenten Systems

$$\varphi_\lambda = \theta_p^{\mu-\lambda} \, \theta_p^{\nu-\lambda} \{\theta_p \, \theta'_{p'} - \theta_{p'} \, \theta'_p\}.$$

Nach §. 8. ist nun

$$\theta_p \, \theta'_{p'} - \theta_{p'} \, \theta'_p = \Sigma \Phi_1 + \Sigma \Phi_2 \ldots,$$

und also auch

$$1. \ldots \quad \varphi_\lambda = \theta_p^{\mu-\lambda} \, \theta_p^{\nu-\lambda} \{\Sigma \Phi_1 + \Sigma \Phi_2 \ldots\}^\lambda.$$

Hier wird nun die in §. 9. bewiesene Eigenschaft der Φ von Wichtigkeit. Denn da alle Φ die $\alpha', \beta' \ldots$ nur in den Verbindungen π' enthalten, ebenso wie die θ', und ebenso die $\alpha, \beta \ldots$ nur in den Verbindungen π, ebenso wie die θ, so folgt, *dass jedes Product von θ, θ', Φ, welches in Bezug auf die θ, Φ zusammen von der Dimension μ, für die θ', Φ zusammen von der Dimension ν ist, eine wirkliche Bedeutung hat.* Es haben also eine wirkliche Bedeutung alle einzelne Glieder des Polynoms, durch welche in 1. φ_λ sich ausdrückt. Diese einzelnen Glieder werde ich als *Formen* ψ bezeichnen. Da diese Formen offenbar Invarianten von f sind, aber auch f selbst sich aus den φ, d. h. aus dem ψ, durch invariante Processe zusammensetzt, so hat man den Satz:

Das System der ψ ist mit der Form f aequivalent.

Dieses System werde ich nun genauer betrachten. Die Form f enthielt beliebig viele Reihen von Coordinaten aus allen Classen; unter ihnen waren unter anderen zwei Reihen der Classe $(n-k, k)$. Nur bezüglich dieser wurde f umgestaltet; die übrigen etwa vorhandenen Reihen kommen in den ψ genau so vor, wie in f.

Die Formen ψ sind in der symbolischen Darstellung

$$\psi = \theta_p^{\mu-\lambda}\,\theta_p^{\nu-\lambda}\,\Pi\Phi$$

enthalten, wo das Product $\Pi\Phi$ immer λ Factoren umfasst. Unter den ψ ist daher eines ausgezeichnet; es entspricht dem Werthe $\lambda = 0$, und fällt zusammen mit dem betreffenden φ:

$$\varphi_0 = \theta_p^{\mu}\,\theta_p^{\nu}.$$

Diese Form enthält an Stelle der beiden Reihen p, p' nur noch die eine Reihe p; also eine Reihe von Coordinaten weniger als f.

Anders verhält es sich mit den übrigen Formen ψ. Nur in dem Falle, wo die Reihen p, p' der Classe $(n-1, 1)$ oder der Classe $(1, n-1)$ angehören, ist der einfachere Character auch dieser Formen gegenüber von f unmittelbar erkennbar. Sind beide Reihen Punctcoordinaten (Classe $(1, n-1)$), so ist das System der φ nach 7. durch Formen wie

$$r_x^{\mu-\lambda}\,s_y^{\nu-\lambda}\,(r_x s_y - s_x r_y)^{\lambda}$$

gebildet; hier vereinigen sich in dem letzten Factor schon die x und y zu Coordinaten q der Classe $(2, n-2)$, und das System der φ ist mit dem der ψ unmittelbar identisch. Genau ebenso ist es, wenn die beiden Reihen von Veränderlichen, welche man betrachtet, Reihen u, v sind, also der Classe $(n-1, 1)$ angehören. Die Formen φ haben dann die Gestalt

$$u_r^{\mu-\lambda}\,v_s^{\nu-\lambda}\,(u_r v_s - v_r u_s)^{\lambda},$$

und auch hier vereinigen sich im letzten Factor die u, v zu Coordinaten der Classe $(n-2, 2)$. Man kann indessen dies auch einsehen, indem man die u, v sich aus Reihen $x, y \ldots$ und $x', y' \ldots$ zusammengesetzt sind, was dem Vorigen sich genauer anschliesst. Die beiden Reihen p, p', d. h. die u, v, enthalten je $n-1$ Reihen von Punctcoordinaten, es existirt also nur *eine* Reihe α und *eine* Reihe α'. Daher kann es nur *eine* Art von Ausdrücken Φ geben; bei ihnen wird α' mit einer der Reihen $x', y' \ldots$ vertauscht. Dann aber wird eine Determinante wie $(x'xy \ldots)$ ein wirklicher Factor, und kann übergangen werden; mithin ist das allgemeine Schema der Functionen φ oder ψ in diesem Falle

$$(\alpha x y \ldots)^{\mu-\lambda} \, (\alpha' x y \ldots)^{\nu-\lambda} \, (\alpha \alpha' x' y' \ldots)^{\lambda},$$

so dass wieder die in dem symbolischen Factor $(\alpha \alpha' x' y' \ldots)^{\lambda}$ auftretenden Veränderlichen sich zu einer Reihe von Coordinaten aus der Classe $(n-2, 2)$ vereinigt haben.

In diesem Falle also haben die Formen des aequivalenten Systems, von φ_0 abgesehen, nicht weniger Reihen von Veränderlichen als f; aber der *Gesammtgrad* ist ein niederer geworden.

Unter dem *Gesammtgrade* einer Function verstehe ich die Summe der Grade, welche die Function bezüglich aller in ihr vorkommenden Reihen besitzt. So weit dieser nun von den x, y bez. u, v herrührte (alles übrige ist unverändert geblieben), war der Gesammtgrad von f gleich $\mu + \nu$. Da aber in φ_λ die x, y bez. u, v des dritten symbolischen Factors jetzt nur *eine* Reihe bilden, so ist der Gesammtgrad von φ_λ gleich $\mu + \nu - \lambda$, also kleiner als der von f. Eine Ausnahme bildet nur der Fall $\lambda = 0$, wo denn aber die Zahl der *Reihen* um 1 vermindert ist. So kann man den Satz aussprechen:

Eine Form f, welche zwei Reihen von Coordinaten x (Classe $(n-1, 1)$) oder u (Classe $(1, n-1)$) enthält, kann immer durch ein aequivalentes System ersetzt werden, dessen Formen theils weniger Reihen von Coordinaten enthalten, theils von niederem Gesammtgrade sind.

§. 11.
Gewicht einer Coordinatenreihe und einer Function.

Um nun aber auch in allen übrigen Fällen die Reduction darzulegen, welche in der Ersetzung von f durch das aequivalente System der ψ enthalten ist, muss ich einen neuen Begriff einführen, das *Gewicht* einer Coordinatenreihe.

Unter dem Gewichte einer Coordinatenreihe verstehe ich das Product $k(n-k)$ der Zahlen, welche ihre Classe bezeichnen. Das Gewicht, mit welchem diese Reihe in einer Function f auftritt, soll durch das Product des Gewichts der Reihe mit der Ordnung dargestellt werden, zu welcher in f diese Reihe enthalten ist. Ist m diese Ordnung, so tritt eine Reihe $(n-k, k)$ mit dem Gewichte $mk(n-k)$ in f auf. Das Gesammtgewicht von f aber soll die Summe der Gewichte genannt werden, mit welcher die in f enthaltenen Coordinatenreihen auftreten, so dass dieses Gewicht G den Ausdruck hat:

$$G = \Sigma\, m\, k(n-k).$$

In der Reihe der Classen von Coordinaten

$$(n-1, 1), \quad (n-2, 2), \ldots (2, n-2), \quad (1, n-1)$$

haben die aeussern das geringste, die im Innern der Reihe stehenden das grössere Gewicht, zwei nach rechts und links symmetrisch stehende (dualistisch entgegengesetzte) haben gleiches Gewicht. Das letzte ist augenblicklich klar; das erstere folgt sofort aus dem Umstande, dass, wenn $k \lessgtr \frac{n}{2}$, immer

$$k(n-k)-(k-1)(n-k+1) = n-2k+1$$

eine positive Zahl ist. Will man der obigen Reihe von Classen noch die Classen $(n, 0)$ und $(0, n)$ hinzufügen, so muss man unter den Coordinatenreihen dieser Classen folgerichtig nichts anders verstehen als eine Determinante von n Reihen $u, v \ldots$ (Classe $(0, n)$) und eine Determinante von n Reihen $x, y \ldots$ (Classe $(n, 0)$). Dass Veränderliche dieser Art als Factoren herausgehen, mithin auf die betreffenden Formen gar keinen Einfluss haben, kann man in dem Umstande ausgedrückt finden, dass das Gewicht derselben Null ist. Dagegen hat ein negativer Werth für ein Gewicht keinen Sinn.

Ich benutze nun im folgenden über diese Gewichte den Satz:

Wenn man in dem Gewichte einer Function die Gewichte zweier Reihen gleicher Classe, jede zu derselben Dimension, durch die Summe der Gewichte ersetzt, mit welcher bei gleichen Dimensionen zwei Reihen auftreten, welche in der obigen Anordnung der Classen von der ersteren nach entgegengesetzten Seiten gleichweit abstehen, so wird das Gewicht der Function verringert.

Die gemeinsame Dimension sei m. Das von zwei Reihen derselben Classe $(n-k, k)$ herrührende Gewicht ist dann $2mk(n-k)$, die entsprechenden Gewichte, deren Summe dafür eingeführt werden soll, sind

$$m(k-h)(n-k+h), \quad m(k+h)(n-k-h).$$

Uebergehen wir den gemeinsamen Factor m, so sagt der obige Satz, dass

$$2k(n-k)-(k-h)(n-k+h)-(k+h)(n-k-h) > 0.$$

Der Ausdruck links aber ist quadratisch für h, ändert sich nicht wenn h in $-h$ übergeht, und verschwindet mit h. Er besteht also nur aus dem Gliede mit h^2, d. h. er hat den Werth $2h^2$, was positiv ist, wie zu beweisen.

Wenn wir nun den Uebergang von f zu den φ und zu dem Systeme der ψ genauer betrachten, so ist das Gewicht aller φ genau dem der Form f gleich, denn bei der Bildung der φ sind nirgends Reihen p einer andern Classe eingeführt worden. Dagegen sind bei der Bildung der Φ_λ an Stelle von h Dimensionen der Veränderlichen p, p' der Classe $(n-k, k)$ je h Dimensionen zweier Reihen der Classen $(n-k+h, k-h)$ und $(n-k-h, k+h)$ eingeführt worden, was nach dem obigen Satze eine Verminderung des Gewichts bedingt. Sehen wir also von dem Falle $h=0$ ab, der nur bei φ_0 auftritt, und in welchem die Anzahl der Coordinatenreihen vermindert wurde, so sind die Functionen ψ sämmtlich von geringerm Gewichte als die φ, mithin auch als f. Auch der oben besonders betrachtete Fall ist darin mit enthalten, wo sich zwei Reihen der Classe $(1, n-1)$ zu einer Reihe der Classe $(2, n-2)$ vereinigten, oder wo zwei Reihen der Classe $(n-1, 1)$ zu einer Reihe der Classe $(n-2, 2)$ verschmolzen wurden, während eine Determinante aus n Reihen von Punctcoordinaten, also ein Gebilde vom Gewichte 0, als Factor vortrat. Man kann also nun die oben entwickelten Reductionen allgemein in folgendem Satze zusammenfassen:

Wenn eine Function f zwei Reihen von Veränderlichen derselben Classe enthält, so kann man sie immer durch ein aequivalentes System ersetzen, dessen Formen bis auf eine ein geringeres Gewicht haben als f, *während diese eine dasselbe Gewicht wie f hat, aber eine um 1 kleinere Zahl von Coordinatenreihen enthält.*

§. 12.
Beweis des Hauptsatzes.

Aus diesem Satze folgt nun unmittelbar das Theorem, dessen Beweis der Hauptgegenstand dieser Untersuchung ist. So lange in dem aeqnivalenten Systeme, welches für f gesetzt ist, noch eine Form vorkommt, welche zwei Reihen von Veränderlichen derselben Classe enthält, kann man auf eine solche Form immer dieselben Betrachtungen anwenden, nnd also sie durch ein aequivalentes System ersetzen, dessen Formen geringeres Gewicht haben, bis auf eine, welche bei gleichem Gewichte eine geringere Zahl von Coordinatenreihen enthält. Dieses Verfahren findet nur dann ein Ende, wenn keine Formen des aequivalenten Systems mehr als eine Reihe aus jeder Classe enthält. Man kann also folgenden Satz aussprechen:

Jede Form f kann ersetzt werden durch ein ihr aequivalentes System von Formen, deren keine mehr als eine Reihe von Veränderlichen jeder Classe enthält.

Ein solches System will ich das der Form f aequivalente *reducirte System* nennen. Es kann nun die Frage entstehen, ob dieses reducirte System immer aus einer endlichen Anzahl von Formen bestehe. Dass diese Frage zu bejahen sei, sieht man folgendermassen ein.

Bei jedem Schritte, d. h. bei jeder Ersetzung einer Form durch ein ihr aequivalentes System, wie oben das der ψ ist, wird die Anzahl der Formen nur um eine endliche Zahl vermehrt. Betrachten wir ferner diejenigen Formen des an irgend einer Stelle der Operationsreihe für f gesetzten aequivalenten Systems, welche unter allen dem reducirten Systeme noch nicht angehörigen das höchste Gewicht haben. Dieses Gewicht ist nicht grösser als das von f, da überhaupt das Gewicht niemals steigt. Aber es erfordert nur eine endliche Anzahl von Schritten, nm dieses Maximalgewicht herunterzudrücken. Es sind nämlich dazu nur soviel Schritte nöthig, als hinreichen, diese Formen welche das Maxi-

malgewicht haben, nach den oben angegebenen Processen durch Formen
mit nur je einer Reihe aus jeder Classe und Formen von niederem Gewichte zu ersetzen; erstere fallen dann dem reducirten Systeme zu, und
das Maximalgewicht der übrigen ist also erniedrigt. Da jeder Schritt
die Anzahl verschiedener Reihen gleicher Classe in irgend einer der
Maximalformen um 1 vermindert, so ist die Anzahl dieser Schritte in
der That eine endliche. Es folgt daraus, dass bei dem Uebergange von
einem aequivalenten Systeme zu einem andern, bei welchem das Maximalgewicht der dem reducirten System noch nicht angehörigen Formen
um 1 niedriger ist, die Formen des Systems nur um eine endliche Anzahl vermehrt werden. Aber da das Gewicht von f selbst endlich ist, so
kann auch nur eine endliche Anzahl solcher Erniedrigungen vor Herstellung des reducirten Systems nothwendig sein, dasselbe kann also nur
aus einer endlichen Zahl von Formen bestehen.

Die Zahl der Formen des reducirten Systems ist endlich.

Die Aufgabe, das Invariantensystem einer Form zu untersuchen,
welche mehrere Reihen derselben Classe enthält, ist durch das Obige
zurückgeführt auf die Aufgabe, die Invarianten eines simultanen Systems aufzusuchen, dessen Formen aus jeder Classe höchstens *eine* Reihe
enthalten, und man darf daher den Satz aussprechen:

*Um alle Invariantenbildungen bei Mannigfaltigkeiten $(n-1)^{ter}$ Di-
mension zu untersuchen, genügt es, simultane Grundformen zu betrachten,
welche aus jeder Classe von Veränderlichen höchstens eine Reihe enthalten.*

Ich will diese Betrachtungen zunächst auf die Feststellung des
Begriffs der allgemeinsten Invariante (incl. Covariante etc.) eines Formensystems anwenden. Ist f nicht eine Grundform, sondern eine Invariante,
welche beliebig viele Reihen von Veränderlichen aus beliebigen Classen
enthält, so setzt sich diese aus solchen Covarianten, welche aus jeder
Classe höchstens eine Reihe enthalten, durch Processe zusammen, wie
oben f aus den ψ, bez. φ. Diese Processe sind aber nur Addition und
wiederholte Anwendung der Operation, welche ich als Polarenbildung
bezeichne. Sie besteht darin, dass nach den Variabeln einer Reihe dif-
ferenzirt, mit denen einer entsprechenden Reihe multiplicirt, und end-

lich summirt wird. Dass vor der Ausführung einer solchen Operation mit einer *identischen Invariante* (*xy* . . .) multiplicirt werden kann, ändert nicht an dem Character des Resultats. Wir können also den Satz ansssprechen:

Alle Invarianten eines Formensystems sind ganze Functionen von identischen, von solchen Invarianten, welche höchstens eine Reihe von Veränderlichen jeder Classe enthalten, und von Polaren der letztern.

Dieser Satz enthält die genaue Begrenzung des Invariantenbegriffs, von welcher in §. 3 bereits gehandelt wurde.

§. 13.

Zurückführung des reducirten Systems auf ein solches, dessen Formen gewissen partiellen Differentialgleichungen genügen.

Im Vorigen wurde bewiesen, dass es für das Studium aller bei Mannigfaltigkeiten von $(n-1)$ Dimensionen auftretenden Invariantenbildungen hinreiche, simultane Grundformen zu untersuchen, deren jede höchstens *eine* Reihe von Veränderlichen jeder Classe enthält. Man kann den Kreis der zu untersuchenden Grundformen nun durch den folgenden Satz noch weiter beschränken:

Um alle Invariantenbildungen bei Mannigfaltigkeiten von $n-1$ Dimensionen zu studiren, genügt es, Systeme von Grundformen φ zu untersuchen, welche aus jeder Classe von Veränderlichen höchstens eine Reihe enthalten, und zwar so, dass jede Grundform φ in Bezug auf je zwei Reihen p, q von dualistisch entgegengesetztem Character die partielle Differentialgleichung

$$1. \quad . \quad . \quad . \quad \Sigma \frac{\partial^2 \varphi}{\partial p_{i\lambda} \ldots \partial q_{i\lambda} \ldots} = 0$$

befriedigt.

Ich bemerke zunächst, dass die Gleichung 1. von selbst befriedigt ist, wenn eine der beiden dualistisch entgegengesetzten Reihen p, q in der Form φ fehlt. Sie sagt aber auch nichts neues aus in dem besondern Falle, wo die p und q Veränderliche der Classe $\left(\frac{n}{2}, \frac{n}{2}\right)$ sind, und also abgesehen von der Reihenfolge einander gleich werden. Denn in diesem Falle ist der Ausdruck

$$\Sigma p_{ih\ldots}\, q_{ih\ldots}$$

nichts anderes als eine Determinante von n Reihen, welche zur Hälfte aus den die p constituirenden Veränderlichen $x, y \ldots$, und zur andern Hälfte aus denselben, auch die q constituirenden Veränderlichen besteht. Die Reihen dieser Determinante sind also paarweise gleich, und das Verschwinden der Determinante ist eine der Identitäten, welche in diesem Falle zwischen den p bestehen. Daher ist nach §. 6. die Gleichung 1. dann erfüllt, sobald φ in Bezug auf die Reihe der p in die Normalform gebracht ist, was ich immer annehme.

Es bleibt also nur übrig, zu zeigen, dass in Bezug auf zwei nicht zusammenfallende dualistisch entgegengesetzte Reihen p, q, welche in f wirklich vorkommen, eine solche Form immer durch ein aequivalentes System von Formen φ ersetzt werden könne, welche einzeln der Gleichung 1. genügen. Dies folgt aus einer Untersuchung, welche Hr. Gordan im 5. Bande der Math. Ann. angestellt hat. Hr. Gordan leitet daselbst zunächst aus einer Form θ mit zwei contragredienten Reihen u und x mit Hülfe der wiederholten Anwendung des Processes

$$\delta \varphi = \Sigma \frac{\partial^2 \varphi}{\partial u_i\, \partial x_i}$$

eine Reihe von Formen θ_1, $\theta_2 \ldots$ ab, von denen jede folgende sowohl in den x als in den u eine um 1 niedrigere Ordnung hat als die vorhergehende. Er zeigt sodann, dass man immer numerische Coëfficienten α, $\beta \ldots$ so bestimmen könne, dass die Formen

$$
\begin{aligned}
[\theta] &= \theta + \alpha\, u_x\, \theta_1 + \beta\, u_x^2\, \theta_2 \ldots\\
2. \quad\ldots\quad [\theta_1] &= \theta_1 + \alpha_1 u_x \theta_2 + \beta_1 u_x^2 \theta_3 \ldots\\
[\theta_2] &= \theta_2 + \alpha_2 u_x \theta_3 + \beta_2 u_x^2 \theta_4 \ldots\\
&\qquad \cdot\ \cdot\ \cdot\ \cdot
\end{aligned}
$$

sämmtlich der Gleichung

$$3. \quad \ldots \quad \Sigma \frac{\partial^2 \varphi}{\partial u_i\, \partial x_i} = 0$$

genügen, so wie dass umgekehrt aus 2. ein System von Gleichungen folgt:

$$\theta = [\theta] + \alpha' u_x [\theta_1] + \beta' u_x^2 [\theta_2] \ldots$$

$$4. \quad \ldots \quad \theta_1 = [\theta_1] + \alpha'_1 u_x [\theta_2] + \beta'_1 u_x^2 [\theta_3] \ldots$$

$$\theta_2 = [\theta_2] + \alpha'_2 u_x [\theta_3] + \beta'_2 u_x^2 [\theta_4] \ldots$$

$$\cdot \quad \cdot \quad \cdot \quad \cdot$$

wo die α', β' . . . wieder numerische Coëfficienten sind. Hier sind nun wegen der Formeln 2. $[\theta]$, $[\theta_1]$ . . . wie θ_1, θ_2 . . . Invarianten (im weitern Sinne) von θ; aber nach 4. setzt sich auch θ aus $[\theta]$, $[\theta_1]$ . . . und aus der identischen Invariante u_x zusammen. Es ist also das System $[\theta]$, $[\theta_1]$ . . . mit der Form θ aequivalent.

Der oben ausgesprochene Satz ist hiermit bewiesen für den Fall, wo die beiden dualistisch entgegengesetzten Reihen den Classen $(n-1, 1)$ und $(1, n-1)$ angehören. Aber offenbar gilt derselbe Beweis auch noch, wenn wir an Stelle der x und u zwei Reihen p, q aus dualistisch entgegengesetzten Classen setzen. An Stelle der Differentialgleichung 3. tritt dann die Gleichung 1., an Stelle der Operation

$$\Sigma \frac{\partial^2}{\partial u_i \, \partial x_j}$$

tritt die Operation

$$\Sigma \frac{\partial^2}{\partial p_{ih} \ldots \partial q_{ih} \ldots},$$

an Stelle von u_x aber der Ausdruck $\Sigma p_{ih} \ldots q_{ih} \ldots$ Der letzte ist genau ebenso wie u_x eine identische Invariante. Denn setzen sich die p aus $n-k$ Reihen x, y . . . zusammen, so setzen sich die q aus k Reihen derselben Art zusammen, und $\Sigma p_{ih} \ldots q_{ih} \ldots$ ist nichts anderes als die Determinante aller n Reihen von Punctcoordinaten, also eine identische Invariante. Der oben ausgesprochene Satz ist hiermit allgemein bewiesen.

§. 14.

Eine durch diese Untersuchung angeregte Frage. Uebergang zu ternären Formen, für welche diese Frage gelöst werden soll.

Wenn wir eine Function f durch ein System reducirter Formen

$$\chi_1, \quad \chi_2 \cdot \cdot \cdot \chi_r$$

ersetzt haben, so entsteht die Frage, in wie weit aus einer allgemeinen Form f auch ein reducirtes System allgemeiner Art entsteht; mit andern Worten, ob, wenn wir sämmtliche Coëfficienten der Form f als von einander unabhängig ansehen, auch die Coëfficienten der Formen des reducirten Systems von einander unabhängig sind. Wenn dieses der Fall ist, so ist die Theorie der Form f nicht nur mit der Theorie des entwickelten *individuellen* Systems der χ identisch, sondern die Theorie der Formen, welche dieselben Reihen wie f zu denselben Graden enthalten, ist überhaupt identisch mit der simultanen Theorie solcher Formen, welche dieselben Reihen wie die χ und zu denselben Graden enthalten. Das reducirte Problem ist also dann nicht nur vollkommen im Stande die Theorie einer Form f mit mehreren Reihen zu vertreten, sondern das reducirte Problem ist zugleich ein allgemeines in seiner Art. Die Theorieen der Formen mit mehreren Reihen, und die Theorieen gewisser simultaner Systeme, in denen jede Form höchstens *eine* Reihe jeder Classe enthält, decken sich nicht nur so, dass jedem Probleme der ersten Theorie ein Problem der andern entspricht, sondern jeder Classe der erstern Theorie in ihrer Gesammtheit entspricht eine Classe der andern in ihrer Gesammtheit. Ob auch umgekehrt zu *jedem* simultanen Systeme, dessen Formen höchstens eine Reihe Veränderlicher aus jeder Classe enthalten, wie auch die Ordnungen derselben beschaffen seien, eine aequivalente Form f mit mehreren Reihen gefunden werden könne, ist eine weitere Frage, deren Erörterung mit der zuerst erwähnten keinesweges zusammenfällt.

Die erste Frage, welche eine grosse Bedeutung für die allgemeine Auffassung der Formentheorie hat, ist bei den binären Formen zu bejahen, wie ich in §. 8. meines Lehrbuchs gezeigt habe (vgl. auch Gordan in Bd. 3. der Math. Ann. p. 300). *Bei den binären Formen entspricht also der Theorie einer Form mit mehreren Reihen und mit unabhängigen Coëfficienten die Theorie eines gewissen simultanen Systems, dessen Formen nur eine Reihe von Veränderlichen enthalten, und dessen Coëfficienten von einander unabhängig sind.*

Im Folgenden werde ich nun zeigen, dass ein ganz ähnlicher Satz in der Theorie der *ternären* Formen gilt, zu welcher insbesondere ich mich jetzt wende.

In der Theorie der ternären Formen existiren nur zwei Classen von Veränderlichen, die Punctcoordinaten x (Classe $(1, 2\cdot)$, und die Liniencoordinaten u (Classe $(2, 1)$). Man kann nach dem Vorigen jede Form f, welche beliebig viele Reihen von Punct- und Liniencoordinaten enthält, durch ein System von Formen ersetzen, deren jede höchstens *eine* Reihe von x und *eine* Reihe von u enthält, und in Bezug auf diese der Differentialgleichung

$$1. \quad \ldots \quad \delta\varphi = \frac{\partial^2 \varphi}{\partial x_1 \partial u_1} + \frac{\partial^2 \varphi}{\partial x_2 \partial u_2} + \frac{\partial^2 \varphi}{\partial x_3 \partial u_3} = 0$$

genügt. Insofern aber die Formen des reducirten Systems mittelst der Betrachtungen des §. 13. so zerlegt sind, dass nun alle auch dieser Gleichung genügen, soll das dadurch entstandene System ein *eigentlich reducirtes* genannt werden. Ich werde dann im Folgenden den Satz beweisen:

Eine ternäre Form mit beliebig vielen Reihen von Punct- und Li-niencoordinaten kann immer durch ein eigentlich reducirtes System ersetzt werden, dessen Formen, abgesehen von den durch 1. ausgedrückten Be-dingungen, von einander unabhängige Coëfficienten besitzen.

Den Beweis dieses Satzes werde ich folgendermassen führen. Wenn ich in der Form f nur auf gewisse k Reihen von Veränderlichen Rück-sicht nehme, die übrigen aber wie nicht vorhanden betrachte, so kann ich ein eigentlich reducirtes System bilden, dessen Formen in ihren Coëf-ficienten die übrigen Reihen von Veränderlichen noch beliebig enthalten, statt jener k Reihen aber höchstens je eine Reihe von Punct- und Li-niencoordinaten, und zwar so, dass bezüglich derselben die Gleichung 1. erfüllt ist. Ein solches System will ich *ein eigentlich reducirtes in Bezug auf diese k Reihen von Veränderlichen* nennen. Ich zeige nun zuerst, wie man eine gegebene Form f durch ein eigentlich reducirtes System in Bezug auf irgend zwei gleichartige Reihen derselben ersetzen kann, und dass dessen Coëfficienten von einander (immer von der Bedingung

1. abgesehen) unabhängig sind. Sodann werde ich zeigen, wie man von einem eigentlich reducirten Systeme in Bezug auf k Reihen zu einem in Bezug auf $(k+1)$ Reihen übergehen kann, und dass, wenn die Coëfficienten des erstern von einander übrigens unabhängig sind, auch die der zweiten dieselbe Eigenschaft besitzen. Man hat dann das Letztere nur wiederholt anzuwenden, um ein reducirtes System von f herzustellen, welches alle in dem oben ausgesprochenen Satze geforderten Eigenschaften besitzt.

§. 15.

Beweis, dass die Coëfficienten der Formen eines in Bezug auf zwei Reihen eigentlich reducirten Systems einer beliebigen ternären Form f von einander unabhängig sind.

Wenn man sich die Aufgabe stellt, eine Form f durch ein System $\varphi_0, \varphi_1, \ldots \varphi_r$ zu ersetzen, welches in Bezug auf zwei in f vorkommende Reihen x, y (für Reihen u, v ist es genau ebenso) ein eigentlich reducirtes ist, so wird dieses schon durch das System geleistet, welches in §. 7 gebildet wurde und dort ebenfalls durch $\varphi_0, \varphi_1 \ldots$ bezeichnet war; wie es denn überhaupt das vereinfachende Moment in der Untersuchung *ternärer* Formen ist, dass man überall nur das System der φ, nicht das in §. 10. durch ψ bezeichnete zu bilden hat. Ist symbolisch, soweit f von den x, y abhängt:

$$2. \quad \ldots \quad f = r_x^{\mu} s_y^{\nu},$$

so hat man

$$3. \quad \ldots \quad \varphi_0 = r_x^{\mu} s_x^{\nu}, \quad \varphi_1 = r_x^{\mu-1} s_x^{\nu-1}(r_x s_y - s_x r_y),$$
$$\varphi_2 = r_x^{\mu-2} s_x^{\nu-2}(r_x s_y - s_x r_y)^2, \ldots$$

Ich behaupte nun, *dass das System*

$$4. \quad \ldots \quad \chi_0 = r_x^{\mu} s_x^{\nu}, \quad \chi_1 = r_x^{\mu-1} s_x^{\nu-1}(rsu), \quad \chi_2 = r_x^{\mu-2} s_x^{\nu-2}(rsu)^2 \ldots,$$

welches aus dem Systeme 3. hervorgeht, indem man die aus den Reihen x, y gebildeten Determinanten durch neue Grössen u ersetzt, ein eigent-

lich reducirtes ist, dessen Coëfficienten abgesehen von der Bedingung 1. von einander unabhängig sind, sobald die Coëfficienten von f dies waren, also ein solches, wie es aufgesucht werden sollte.

Damit das System 4. diese Eigenschaften besitze, muss folgendes nachgewiesen werden:

1. Jede Form χ_λ muss der Gleichung

$$\delta\chi_\lambda = \frac{\partial^2\chi_\lambda}{\partial x_1\,\partial u_1} + \frac{\partial^2\chi_\lambda}{\partial x_2\,\partial u_2} + \frac{\partial^2\chi_\lambda}{\partial x_3\,\partial u_3} = 0$$

genügen. Nun ist diese Gleichung für χ_0 von selbst erfüllt, da χ_0 die u nicht enthält. Für $\lambda > 0$ aber ist

$$\delta\chi_\lambda = \lambda r_x^{\mu-\lambda-1}\, s_x^{\nu-\lambda-1}\,(rsu)^{\lambda-1}\{(\mu-\lambda)(rsr)+(\nu-\lambda)(rss)\},$$

was in der That identisch verschwindet.

2. Man muss zu jedem Systeme

$$X_0,\ X_1,\ X_2\ \ldots,$$

dessen Formen mit den χ in Bezug auf die u und x gleiche Ordnungen haben, und den Gleichungen $\delta X_0 = 0,\ \delta X_1 = 0\ldots$ genügen, übrigens aber beliebige Coëfficienten haben, eine Form f finden können, für welche die X das System der χ bilden.

Um einzusehen, dass eine solche Form f immer gefunden werden kann, bedarf man einiger Hülfssätze. Ist zunächst $\Delta\varphi$ das Resultat der Anwendung der Operation $y_1\frac{\partial}{\partial x_1}+y_2\frac{\partial}{\partial x_2}+y_3\frac{\partial}{\partial x_3}$, dividirt durch die Ordnung von φ in den x, so hat man nach §. 7. immer:

$$5.\quad\ldots\quad f = \Delta^\nu\varphi_0 + \beta_1\Delta^{\nu-1}\varphi_1 + \beta_2\Delta^{\nu-2}\varphi_2\ldots$$

wo die φ durch die Gleichungen 3. definirt sind, und die β gewisse Zahlencoëfficienten bedeuten. Die Formen φ kann man aus den χ ableiten, indem man an Stelle der u darin die Unterdeterminanten aus den x und den y setzt; die Form φ_λ ist von der Ordnung $\mu+\nu-2\lambda$ in den x, von der Ordnung λ in den Grössen $x_i y_k - y_i x_k$. Man kann nun folgenden Hülfssatz beweisen:

Formen $\Phi_0,\ \Phi_1\ldots,$ von welchen Φ_λ von der Ordnung $\mu+\nu-2\lambda$ in den x, von der Ordnung λ in den Ausdrücken $x_i y_k - y_i x_k$ sein soll, *kann man nur auf eine Weise so bestimmen, dass eine gegebene Form f die Gestalt annehme:*

6. ... $f = \Delta^\nu \Phi_0 + \beta_1 \Delta^{\nu-1} \Phi_1 + \beta_2 \Delta^{\nu-2} \Phi_2 \ldots$

Gäbe es nämlich eine zweite Functionenreihe derselben Art, welche dasselbe leistete, und bezeichnete man durch Φ' die Differenzen der Φ und dieser andern Functionen, so hätte man

7. ... $0 = \Delta^\nu \Phi'_0 + \beta_1 \cdot \Delta^{\nu-1} \Phi'_1 + \beta_2 \cdot \Delta^{\nu-2} \Phi'_2 \ldots$

Sei Φ'_λ die erste Form aus der Reihe der Φ' welche nicht verschwindet. Diese Gleichung beginnt dann mit dem Terme $\beta_\lambda \cdot \Delta^{\nu-\lambda} \Phi'_\lambda$. Setzen wir nun für die y die Werthe $y_i = x_i + \epsilon z_i$, wo ϵ gegen Null convergiren soll. Dann erhält Φ'_λ den Factor ϵ^λ, und an Stelle seiner Argumente $x_i y_k - y_i x_k$ treten die Argumente $x_i z_k - z_i x_k$; alle folgenden Terme enthalten höhere Potenzen von ϵ; der Ausdruck $\Delta\varphi$ geht aber in der Grenze immer in φ selbst über, welches auch die Function φ sein mag. Daher verwandelt sich nach Division mit ϵ^λ und Ausführung des Grenzüberganges die Gleichung 7. in

$$\Phi'_\lambda = 0.$$

Dies widerspricht der Annahme, und es kann also keine der Formen Φ' geben, welche nicht verschwindet; die fraglichen Functionenreihen müssen also identisch sein, was zu beweisen war.

Hieraus folgt nun sofort der Satz:

Bildet man aus Functionen X_0, X_1, ..., *unter denen immer* X_λ *von der Ordnung* $\mu + \nu - 2\lambda$ *in den* x *und der Ordnung* λ *in den* u *ist, eine Formenreihe* Φ_0, Φ_1, ..., *indem man die* u *durch Unterdeterminanten* $x_i y_k - y_i x_k$ *ersetzt, so ist*

8. ... $f = \Delta^\nu \Phi_0 + \beta \cdot \Delta^{\nu-1} \Phi_1 + \beta_2 \Delta^{\nu-2} \Phi_2 \ldots$,

eine Form, deren zugehörige Functionen φ_0, φ_1 ... *die Formen* Φ_0, Φ_1 .... *sind.*

Denn wenn man die zu f gehörigen Formen φ bildet, so hat man auch

$$f = \Delta^\nu \varphi_0 + \beta_1 \Delta^{\nu-1} \varphi_1 + \beta_2 \Delta^{\nu-2} \varphi_2 \ldots,$$

und daher nach dem vorigen Satze:

$$\varphi_0 = \Phi_0, \quad \varphi_1 = \Phi_1, \quad \varphi_2 = \Phi_2, \ldots$$

Man beweist nun weiter:

Genügen die Formen X_λ der Gleichung $\delta X_\lambda = 0$, und hat man f durch 8. bestimmt, so dass die zu f gehörigen φ den aus den X gebildeten Φ gleich werden, so sind auch die zu f gehörigen χ (4.) den X gleich.

Denken wir uns nämlich die Differenz $X_\lambda - \chi_\lambda$ etwa als den linken Theil einer Curvengleichung in den u, so hat die Curve $X_\lambda - \chi_\lambda = 0$ die Eigenschaft, von jeder Geraden u berührt zu werden, deren Coordinaten $x_i y_k - y_i x_k$ sind, d. h. von jeder Geraden die durch den Punct x geht; denn $X_\lambda - \chi_\lambda$ geht dann in $\Phi_\lambda - \varphi_\lambda$ über, was nach dem vorigen verschwindet. Demnach muss die Curve λ^{ter} Classe $X_\lambda - \chi_\lambda = 0$ aus dem Puncte $u_x = 0$ und einer Curve $(\lambda - 1)^{\text{ter}}$ Classe $M_\lambda = 0$ bestehen, und man hat also identisch:

$$9. \quad \ldots \quad X_\lambda - \chi_\lambda = \dot{M}_\lambda . u_x .$$

Nun genügt X_λ sowohl wie χ_λ der Gleichung $\delta \varphi = 0$; daher hat man auch

$$10. \quad \ldots \quad \delta(M_\lambda . u_x) = 0.$$

Hieraus folgt $M_\lambda = 0$. Denn nehmen wir an, M_λ habe die Form $N . u_x^a$, wo N nicht mehr durch u_x theilbar sei, und in den x die Ordnung ρ, in den u die Ordnung σ habe ($\rho = \mu + \nu - 2\lambda - \alpha - 1$, $\sigma = \lambda - \alpha - 1$). Die Ausführung der Operation δ giebt dann aus 10.:

$$\delta(N . u_x^{a+1}) = u_x^{a+1} . \delta N + (\alpha + 1)(\alpha + \rho + \sigma + 3) . u_x^a . N = 0;$$

daher muss N noch einmal durch u_x theilbar sein, was der Voraussetzung widerspricht. Also kann M nicht die Form $N . u_x^a$ haben, wo α Null oder positiv, und muss daher verschwinden. Die Gleichung 9. aber giebt dann $\chi_\lambda = X_\lambda$, was zu beweisen war.

Man kann also zu einer beliebigen Reihe von Functionen χ, welche nur die gehörigen Ordnungen besitzen und der Gleichung $\delta \chi = 0$ genügen, eine Form f finden, deren reducirtes System die χ sind. Die

Coëfficienten der Formen χ sind aber übrigens von einander unabhängig, und man hat den zu beweisenden Satz vor sich:

Ist $f = r_x^\mu s_y^\nu$ eine Form mit von einander unabhängigen Coëfficienten, so bilden die Formen

$$\chi_0 = r_x^\mu s_x^\nu, \quad \chi_1 = r_x^{\mu-1} s_x^{\nu-1} (r\,s\,u), \quad \chi_2 = r_x^{\mu-2} s_x^{\nu-2} (r\,s\,u)^2, \ldots$$

ein in Bezug auf die Reihen x, y eigentlich reducirtes System von f, dessen Coëfficienten, abgesehen von der Erfüllung der Gleichungen $\delta\chi = 0$, von einander völlig unabhängig sind.

Dieser Satz gilt natürlich ebenso, wenn f statt zweier Reihen x, y zwei Reihen u, v enthält.

In Parallele mit dem obigen Satze steht ein anderer, welcher sich auf den Fall bezieht, in welchem f eine Reihe u und eine Reihe x enthält; ein Satz, welchen Hr. Gordan im 5. Bande der Math. Annalen bewiesen hat. In §. 14. wurde gezeigt, wie man eine solche Form f von den Ordnungen ρ, σ durch eine Reihe von Formen ψ_0, $\psi_1 \ldots$ der Ordnungen

$$\rho, \sigma; \quad \rho-1, \sigma-1; \quad \rho-2, \sigma-2 \ldots$$

ersetzen kann, welche sämmtlich der Gleichung $\delta\psi = 0$ genügen. Das System der ψ ist mit f eigentlich aequivalent. Wir dürfen aber hinzufügen:

Das zu einer Form f, welche eine Reihe von Punctcoordinaten, und eine Reihe von Liniencoordinaten enthält, gehörige eigentlich reducirte System ψ_0, $\psi_1 \ldots$ hat, wenn die Coëfficienten von f unter einander unabhängig waren, ebenfalls von einander unabhängige Coëfficienten, wenn man von den Gleichungen $\delta\psi_0 = 0$, $\delta\psi_1 = 0 \ldots$ absieht.

Der Beweis liegt in dem von Hrn. Gordan a. a. O. gegebenen Satze, dass eine solche Form f nur auf eine Art in die Form

$$1. \quad \ldots \quad f = \psi_0 + \psi_1 u_x + \psi_2 u_x^2 \ldots,$$

gebracht werden kann, wenn zugleich alle Formen ψ der Gleichung $\delta\psi = 0$ genügen sollen. Nehmen wir an, es gebe ein zweites derartiges System, ψ_0', $\psi_1' \ldots$ Ist dann $\psi_\lambda'' = \psi_\lambda - \psi_\lambda'$, so hat man:

$$0 = \psi_0{}'' + \psi_1{}'' u_x + \psi_2{}'' u_x{}^2 \ldots$$

Aber indem man auf diese Gleichung wiederholt den Process δ anwendet, ergiebt sich:

$$0 = \alpha . \psi_1{}'' + \alpha_1 . \psi_2{}'' u_x \ldots$$
$$0 = \qquad\qquad \beta . \psi_2{}'' + \ldots$$

wo die α, $\beta \ldots$ ohne Index ganze positive von Null verschiedene Zahlen sind. Daher folgt aus der letzten Gleichung, dass das letzte ψ'', aus der vorletzten, dass das vorletzte verschwindet, u. s w. Es sind also alle ψ'' gleich Null, d. h. die beiden Systeme ψ, ψ' sind identisch, es giebt also nur ein einziges.

Nimmt man nun in 1. die ψ übrigens beliebig an, so stellt der Ausdruck 1. eine Form f dar, welche sich aus ihrem reducirten Systeme $\psi_0{}'$, $\psi_1{}'$,..., nach §. 13. genau ebenso wie aus den ψ zusammensetzt; woraus sich ergiebt, dass das reducirte System von f mit dem Systeme der ψ identisch ist. Demnach sind, wie der obige Satz aussagt, wirklich die Formen des eigentlich reducirten Systems von einander unabhängig und, abgesehen von den Bedingungen $\delta\psi = 0$, ganz allgemeiner Natur.

Fasst man diesen Satz nnd den vorigen zusammen, so kann man sagen, *dass in Bezug auf irgend zwei Reihen immer f ein eigentlich reducirtes System mit übrigens von einander unabhängigen Coëfficienten besitze.*

§. 16.

Der Beweis des Satzes, dass eine allgemeine ternäre Form ein reducirtes System mit unabhängigen Coëfficienten liefert, wird auf ein Hülfsproblem zurückgeführt.

Denken wir uns nun, es enthalte f im Ganzen p Reihen, theils von Punctcoordinaten, theils von Liniencoordinaten. Die Aufstellung des eigentlich reducirten Systems von f können wir uns dadurch ausgeführt denken, dass wir erst in Beziehung auf zwei Reihen dasselbe bilden, dann aber für jede der erhaltenen Formen eine weitere Reihe, die in den Coëfficienten dieses reducirten Systems vorkommt, mitberücksichtigen, und in Bezug auf diese drei Reihen das reducirte System aufstellen. Da die Formen dieses reducirten Systems nur zwei Reihen enthalten, so verlangt die Berücksichtigung einer vierten Reihe von Veränderlichen wieder nur·die Reduction eines ähnlichen Systems mit drei Reihen u. s. w. Die vollständige Reduction setzt also, von dem ersten Schritte abgesehen, die Ausführung von $p-2$ Schritten voraus; und jeder dieser Schritte fordert nichts als die Auflösung des folgenden Problems:

Es ist ein eigentlich reducirtes System mit den Reihen x, u gegeben, in dessen Coëfficienten eine dritte Reihe (y oder v) vorkommt; man soll das eigentlich reducirte System in Bezug auf diese drei Reihen finden.

Es wird sich zeigen, dass, wenn die Formen φ des ersten reducirten Systems, abgesehen von den Bedingungen $\delta\varphi = 0$, von einander unabhängige Coëfficienten haben, dies auch für das folgende reducirte System, dessen Formen durch ψ bezeichnet werden mögen, der Fall ist. Da die Bildung eines reducirten Systems immer nur Bildungen umfasst, bei welchen die Coëffficienten des Ausgangssystemes und zwar nur immer einer einzigen *linear* combinirt werden, so kann man dies auch so aussprechen, dass die Coëfficienten der aus einem φ entspringenden ψ lineare Combinationen der Coëfficienten dieses φ sind, dass die Zahl der unabhängigen Coëfficienten dieser ψ gleich der in φ ist, und dass die Combinationen, welche die einen durch die andern ausdrücken, von einander unabhängig sind, d. h. ein System mit einer von Null verschiedenen Determinante constituiren. Enthielt also φ eine Reihe von Veränderlichen, welche bei dieser Reduction nicht berücksichtigt sind, und waren die unabhängigen Coëfficienten von φ allgemeine und von einander unabhängige Functionen ρ^{ter} Ordnung dieser Reihe, so gilt eben dieses auch von den von einander unabhängigen Coëfficienten der ψ.

Nehmen wir an, es sei für die ersten k der oben erwähnten $p-2$ Schritte bewiesen, dass jede Reduction auf solche von einander unabhängige Coëfficienten führe, ebenso wie dieses oben für die Reduction der Formen bezüglich nur zweier Reihen bewiesen ist. Dann folgt also, dass eine bei allen diesen Reductionen noch nicht benutzte Reihe in allen Formen des betreffenden reducirten Systems zu derselben Ordnung wie in f vorkommt, und dass die von einander unabhängigen Coëfficienten dieses reducirten Systems allgemeine und von einander unabhängige Functionen dieser Reihe und in Bezug auf sie von derselben Ordnung sind. Dieses trifft zu für das Ausgangssystem des ersten Schrittes, welches aus der im vorigen §. entwickelten Berücksichtigung z w e i e r Reihen hervorging. Wir werden also für das reducirte System nach k der $p-2$ Schritte voraussetzen, dass seine Coëfficienten, abgesehen von den Bedingungen $\delta\varphi = 0$, von einander unabhängig, und demnach beliebige Functionen gegebener (für alle Formen gleicher) Ordnungen der noch nicht benutzten Reihen sind; wir werden zeigen, dass dann die Coëfficienten auch des folgenden reducirten Systems, abgesehen von den Bedingungen $\delta\psi = 0$, von einander unabhängig sind. Dann folgt sofort, dass auch die Formen des letzten reducirten Systems der ganzen Reihe, $\chi_0, \chi_1, \chi_2 \ldots$, also das eigentlich reducirte System von f, abgesehen von den Bedingungen $\delta\chi = 0$, von einander nnabhängige Coëfficienten besitzen. Dies ist der Satz, welcher bewiesen werden sollte. Wir können jetzt genauer aussprechen, was zur Vollendung des Beweises fehlt, indem wir das oben schon in dieser Richtung ausgesprochene Problem durch ein einfacheres ersetzen. Denn da die Formen des ersten reducirten Systems von einander unabhängig vorausgesetzt werden, so können wir uns auf die Reduction *einer* Form desselben beschränken. Eine solche, φ, enthält erstens die Reihen x, u und genügt bezüglich derselben der Gleichung $\delta\varphi = 0$. Ausserdem soll noch *eine* in ihren Coëfficienten vorkommende Reihe — sie sei y — berücksichtigt werden; die von einander unabhängigen Coëfficienten von φ sind beliebige nnd von einander unabhängige Functionen gleicher Ordnung der y. Die zu lösende Aufgabe ist also folgende:

Es soll das eigentlich reducirte System einer Form φ gefunden werden, welche die Reihen x, u, y enthält, und bezüglich der ersten beiden Reihen der Gleichung

$$0 = \delta\varphi = \frac{\partial^2\varphi}{\partial x_1 \partial u_1} + \frac{\partial^2\varphi}{\partial x_2 \partial u_2} + \frac{\partial^2\varphi}{\partial x_3 \partial u_3}$$

genügt.

Ist dieses Problem gelöst, und zeigt es sich, dass die Coëfficienten des aus φ hervorgehenden eigentlich reducirten Systems ψ_0, ψ_1 . . . ., abgesehen von den in den Gleichungen $\delta\psi = 0$ enthaltenen Bedingungen von einander unabhängig sind, so ist die Reduction einer beliebigen ternären Form geleistet, nnd zugleich der Satz bewiesen, welcher in § 14. ausgesprochen wurde.

§. 17.

Reduction einer ternären Form, welche drei Reihen von Veränderlichen enthält.

Die Reduction, welche in der am Ende des vorigen §. gestellten Aufgabe gefordert wurde, ist an und für sich durch die früher allgemein und in §. 15. für die ternären Formen insbesondere gegebene Methode geleistet. Wenn man von einer Form ausgeht, welche die Reihen x, y, u enthält, so kann man zunächst das eigentlich reducirte System derselben in Bezug anf die Reihen x, y bilden; dasselbe besteht aus einer Form, welche nur x enthält, und anderen, welche zwei Reihen, etwa x und v enthalten. Nimmt man die u hinzu, so enthält die erste Form nur x und u, ist also reducirt, und zwar, wie am Ende von §. 15. gezeigt ist, *eigentlich* reducirt. Dagegen enthalten die übrigen Formen statt x, y, u jetzt x, u, v und sind von niederm Gesammtgrade. Man behandelt diese nun bezüglich der Reihen u, v wie vorhin φ bezüglich x, y, scheidet also immer gewisse Formen als dem reducirten Systeme bereits angehörig aus, und behält Formen mit drei Reihen von immer niedrigerem Gesammtgrade übrig, welche nur immer einmal zwei Reihen von Punctcoordinaten, einmal zwei Reihen von Liniencoordinaten enthalten. Durch Wiederholnng des Processes wird der Gesammtgrad erschöpft, nnd also endlich das eigentlich redncirte System geliefert, welches man suchte.

Wenn man aber fragt, in wie weit die so entstehenden Formen von einander unabhängig seien, so zeigt sich als unterscheidendes Moment dem Frühern gegenüber der Umstand, dass schon bei der Ansgangsform hier die Gleichung $\delta\varphi = 0$ erfüllt ist. Ordnet man φ nach den x, u, so hat es der Voranssetzung nach übrigens willkürliche Functionen der y von gegebener Ordnung zu Coëfficienten, deren nur einige wegen der Gleichung $\delta\varphi = 0$ linear an einander gebunden sind. Anders ist es, wenn man φ nach den x, y geordnet denkt, wie es bei der Reduction zunächst geschehen muss. In dieser Anordnung sind die Coëfficienten keineswegs willkürliche Functionen der u, sondern durch Differentialgleichungen an einander gebunden, welche durch die Bedingung $\delta\varphi = 0$ gegeben sind. Es entsteht also die Frage, ob man auch eine solche Form φ durch ein reducirtes System mit unabhängigen Coëfficienten ersetzen könne. Dieses System muss dann jedenfalls kleiner sein als dasjenige, welches in §. 15. aus einer *allgemeinen* Form mit den Reihen x, y entwickelt wurde. Ich werde zeigen, dass ein solches wirklich existirt. Und da die Formen desselben dann eben weiter keine besondern Eigenschaften haben, als diejenigen, welche schon φ selbst besass, und welche durch $\delta\varphi = 0$ ausgesprochen sind, so trifft ebendies auch alle folgenden Reductionen, so dass damit auch nachgewiesen ist, dass die Formen des eigentlich reducirten Systems von φ überhaupt übrigens von einander unabhängige Coëfficienten besitzen.

Es tritt weiter noch der sehr bemerkenswerthe Umstand hinzu, *dass sich das unserer Form mit drei Reihen von Veränderlichen entsprechende reducirte System unter der in* $\delta\varphi = 0$ *enthaltenen Voraussetzung wirklich hinschreiben lässt*, dass also das Endresultat des oben angegebenen successiven Verfahrens explicite dargestellt werden kann. Dieses werde ich zunächst zeigen, und das reducirte System bilden.

Nach §. 15. hat man

$$1. \quad \ldots \quad \varphi = \Delta^{\nu}\varphi_0 + \beta_1 \Delta^{\nu-1}\varphi_1 + \beta_2 \Delta^{\nu-2}\varphi_2 \ldots,$$

und zwar ist, wenn man symbolisch

$$\varphi = r_x^{\mu} s_y^{\nu} u_\rho^{\sigma}$$

setzt, die Reihe der Formen φ die folgende:

$$\varphi_0 = r_x^{\mu} s_x^{\nu} u_\rho^{\sigma}, \quad \varphi_1 = r_x^{\mu-1} s_x^{\nu-1} u_\rho^{\sigma}(r_x s_y - s_x r_y),$$

$$\varphi_2 = r_x^{\mu-2} s_x^{\nu-2} u_\rho^{\sigma}(r_x s_y - s_x r_y)^2, \ldots;$$

das reducirte System von φ in Bezug auf die Reihen x, y aber ist:

$$\chi_0 = r_x^\mu s_x^\nu u_\rho^\sigma, \quad \chi_1 = r_x^{\mu-1} s_x^{\nu-1} u_\rho^\sigma (r s v), \quad \chi_2 = r_x^{\mu-2} s_x^{\nu-2} u_\rho^\sigma (r s v)^2 \ldots$$

Indem wir nun jede dieser Formen χ wieder durch das reducirte System in Bezug auf die u, v ersetzen u. s. w., erhalten wir das reducirte System der gegebenen Form. Diese weitern Bildungen werden aber wesentlich vereinfacht, wenn wir berücksichtigen, dass φ der Gleichung $\delta \varphi = 0$ genügen soll. Man hat

$$\delta \varphi = \mu \sigma . r_\rho r_x^{\mu-1} s_y^\nu u_\rho^{\sigma-1}.$$

Soll dieser Ausdruck identisch verschwinden, so kann man dies auch dahin aussprechen, *dass jeder den symbolischen Factor r_ρ enthaltende Ausdruck verschwinden muss.* Daher kann im Folgenden jedes Glied übergangen werden, welches den Factor r_ρ in seiner symbolischen Darstellung besitzt.

Wenn man die Form

$$\chi_\lambda = r_x^{\mu-\lambda} s_x^{\nu-\lambda} u_\rho^\sigma (r s v)^\lambda$$

in Bezug auf die Reihen u, v reducirt, so wird sie ersetzt durch die Formen

$$\chi_{\lambda, \varkappa} = r_x^{\mu-\lambda} s_x^{\nu-\lambda} u_\rho^{\sigma-\varkappa} (r s u)^{\lambda-\varkappa} (r_y s_\rho - s_y r_\rho)^\varkappa.$$

Da nun aber alle mit r_ρ behafteten Glieder ausgelassen werden können, so kann man dafür einfacher setzen:

$$\chi_{\lambda, \varkappa} = r_x^{\mu-\lambda} r_y^\varkappa s_x^{\nu-\lambda} u_\rho^{\sigma-\varkappa} (r s u)^{\lambda-\varkappa} s_\rho^\varkappa.$$

Aus diesen gehen nun wieder durch Reduction in Bezug auf die Reihen x, y die Formen hervor:

$$\chi_{\lambda, \varkappa, \lambda'} = r_x^{\mu-\lambda+\varkappa-\lambda'} s_x^{\nu-\lambda-\lambda'} u_\rho^{\sigma-\varkappa} (r s u)^{\lambda-\varkappa} (r s v)^{\lambda'} s_\rho^\varkappa;$$

aus diesen sodann durch Reduction nach den u, v die Formen

$$\chi_{\lambda, \varkappa, \lambda', \varkappa'} = r_x^{\mu-\lambda+\varkappa-\lambda'} r_y^{\varkappa'} s_x^{\nu-\lambda-\lambda'} u_\rho^{\sigma-\varkappa-\varkappa'} (r s u)^{\lambda-\varkappa+\lambda'-\varkappa'} s_\rho^{\varkappa+\varkappa'}$$

u. s. w.

Man sieht, dass den aufeinanderfolgenden reducirten Systemen immer nur Formen angehören können, welche die symbolischen Darstellungen

$$r_x^{\mu-\alpha-\beta}\, r_y^{\alpha}\, s_x^{\nu-\gamma-\beta}\, u_\rho^{\sigma-\gamma}\, (r\,s\,u)^\beta\, s_\rho^\gamma$$

oder

$$r_x^{\mu-\alpha-\beta}\, s_x^{\nu-\alpha-\beta-\gamma}\, u_\rho^{\sigma-\gamma}\, (r\,s\,u)^\alpha\, (r\,s\,v)^\beta\, s_\rho^\gamma$$

haben, und dass andrerseits auch alle in diesen Darstellungen enthaltenen Formen wirklich vorkommen. Aber unter denselben werden immer diejenigen noch weiter reducirt, bei welchen noch y bez. v auftreten. Daher besteht schliesslich das Endsystem aus denjenigen Formen, in welchen die betreffenden Exponenten Null sind, d. h. aus denjenigen Formen, deren symbolische Darstellung

$$2. \quad \ldots \quad r_x^{\mu-\beta}\, s_x^{\nu-\gamma-\beta}\, u_\rho^{\sigma-\gamma}\, (r\,s\,u)^\beta\, s_\rho^\gamma$$

ist. *Diese Formen bilden also das der gegebenen Form*

$$f = r_x^\mu\, s_y^\nu\, u_\rho^\sigma$$

entsprechende reducirte System. Die Zahlen β, γ sind nur an die Bedingung gebunden, dass in obiger Darstellung die Exponenten nicht negativ werden können. Es muss also sein:

$$3. \quad \ldots \quad \beta \leqq \mu, \quad \gamma \leqq \sigma, \quad \gamma + \beta \leqq \nu.$$

Wir können aber das System der Formen 2. noch zusammenziehen. Denn indem man wieder beachtet, dass alle mit r_ρ behafteten Glieder verschwinden, zeigt sich, dass 2. durch γ-fache Wiederholung des Prozesses δ aus der Form

$$3. \quad \ldots \quad \psi_\beta = r_x^{\mu-\beta}\, s_x^{\nu-\beta}\, u_\rho^\sigma\, (r\,s\,u)^\beta$$

hervorgeht, also nichts neues enthält. *Das reducirte System kann daher auf die Formen 3. beschränkt werden.*

Die Formen des Systems 3. haben nicht völlig beliebige Coëfficienten. Jede derselben verschwindet nämlich, wenn man die Operation δ hinreichend oft auf sie anwendet. Da Glieder mit den symbolischen Factoren r_ρ, $(r\,s\,r)$, $(r\,s\,s)$ zu übergehen sind, so ist, nach h-maliger Anwendung der Operation:

$$\partial^{h}\psi_{\beta} = C \cdot r_{x}^{u-\beta}\, s_{x}^{v-\beta-h}\, u_{\rho}^{\sigma-h}\, s_{\rho}^{h}\, (r\,s\,u)^{\beta}.$$

Dies giebt zunächst die Formen 2.; aber der Ausdruck verschwindet, wenn eine der Zahlen $v-\beta-h$, $\sigma-h$ negativ wird. Es ist also

$$4. \quad \ldots \quad \text{wenn } v-\beta \gtreqless \sigma: \quad \partial^{\sigma+1}\psi_{\beta} = 0$$
$$\text{wenn } v-\beta \lesseqgtr \sigma: \quad \partial^{v-\beta+1}\psi_{\beta} = 0.$$

Dies ist von Wichtigkeit, wenn man das *eigentlich reducirte* System bilden will. Die Formen dieses Systems müssen sämmtlich der Gleichung $\delta\psi = 0$ genügen. Man erhält sie, indem man nach §. 13. aus ψ_{β} die Formen

$$5. \quad \ldots \quad [\psi_{\beta}], \quad [\psi_{\beta,1}], \quad [\psi_{\beta,2}] \ldots$$

bildet. Diese setzen sich aus den Formen ψ_{β}, $\delta\psi_{\beta}$ ... mit Hülfe von Gleichungen der Form

$$[\psi_{\beta}] = \psi_{\beta} + \alpha_{1} u_{x} \delta\psi_{\beta} + \alpha_{2} u_{x}^{2} \delta^{2} \psi_{\beta} \ldots$$
$$[\psi_{\beta,1}] = \delta\psi_{\beta} + \alpha_{1}' u_{x} \delta^{2}\psi_{\beta} + \alpha_{2}' u_{x}^{2} \delta^{3} \psi_{\beta} \ldots$$
$$[\psi_{\beta,2}] = \delta^{2}\psi_{\beta} + \alpha_{1}'' u_{x} \delta^{3}\psi_{\beta} + \alpha_{2}'' u_{x}^{2} \delta^{4} \psi_{\beta} \ldots$$

zusammen; wo die α vollkommen bestimmt sind durch die Bedingung, dass die Anwendung des Prozesses δ Null geben soll. Die Reihe der aus ψ_{β} entspringenden eigentlich reducirten Formen bricht also ab, wenn rechts alle Glieder verschwinden, d. h. sie endigt mit $[\psi_{\beta,\,v-\beta}]$ oder mit $[\psi_{\beta,\,\sigma}]$.

Ich werde nun zeigen, *dass die Formen $[\psi_{\beta,h}]$ übrigens willkürliche Coëfficienten besitzen, oder, was dasselbe ist, dass die Formen ψ_{β} keinen andern Bedingungen ausser 4. unterliegen.* Diesen Beweis werde ich etwas anders führen, als den entsprechenden in §. 15.; übrigens kann jener Beweis auch wie der hier folgende gestaltet werden. Die Coëfficienten der Systeme 3. oder 5. sind sämmtlich lineare Combinationen der Coëfficienten von φ mit numerischen Coëfficienten; und da die Formen 3. oder 5. φ vollkommen vertreten, indem φ aus linearen Combinationen der Formen 3. 5. wieder hervorgeht, so müssen sie mindestens ebensoviele von einander linear-unabhängige Coëfficienten als φ enthalten. Nun werde ich zeigen, dass die Anzahl von Coëfficienten, welche in den Formen 3. 5. nach Abzug der aus 4. entspringenden Bedingungen übrig bleibt, der Anzahl der unabhängigen Coëfficienten von φ genau gleich ist. Daher kann die Anzahl von einander unabhängiger Coefficienten in 3. oder 5. auch nicht grösser sein als die Zahl der unabhängigen Coefficienten von φ; beide Zahlen müssen also einander gleich sein, und daher sind sämmtliche Coefficienten der Formen 3. 5. übrigens linear-unabhängig.

Den Beweis für die Gleichheit der betreffenden Zahlen werde ich im Folgenden geben. Ich bemerke nur gleich hier, dass damit bewiesen ist, was bewiesen werden sollte, nämlich:

1. *Eine Form φ mit zwei Reihen von Punctcoordinaten x, y und einer Reihe von Liniencoordinaten u, welche in Bezug auf die x, u der Gleichung δφ = 0 genügt, führt auf ein eigentlich reducirtes System, dessen Formen der Gleichung δψ = 0 genügen, aber übrigens unabhängige Coëfficienten besitzen;*

und demnach aus §. 16.:

2. *Eine Form f mit beliebig vielen Reihen von Punct- und Liniencoordinaten und willkürlichen Coëfficienten führt auf ein eigentlich reducirtes System, dessen Coëfficienten, abgesehen von den in δψ = 0 enthaltenen Bedingungen, ebenso willkürlich sind.*

§. 18.
Beweis eines arithmetischen Hülfssatzes.

Es bleibt mir nur noch übrig, die Gleichheit der oben erwähnten Anzahlen von Coefficienten zu beweisen, eine Untersuchung, welche auf einige nicht uninteressante Summationen führt. Die Zahl der unabhängigen Coefficienten von φ erhält man, wenn man die Zahl

$$\frac{\mu+1.\mu+2}{2}\cdot\frac{\nu+1.\nu+2}{2}\cdot\frac{\sigma+1.\sigma+2}{2}$$

um die Zahl der Coefficienten der verschwindenden Function $\delta\varphi$ vermindert, also um

$$\frac{\mu.\mu+1}{2}.\frac{\nu+1.\nu+2}{2}.\frac{\sigma.\sigma+1}{2}.$$

Diese Zahl ist also:

$$1.\quad\ldots\quad N=\frac{\nu+1.\nu+2}{2}.\frac{\mu+1.\sigma+1.\mu+\sigma+2}{2}.$$

Die Anzahl der Coëfficienten des Systems 5. erhält man dagegen zunächst als Doppelsumme; die Zahl der Coëfficienten in $[\psi_{\beta,\lambda}]$ ist, da $\delta[\psi_{\beta,\lambda}]=0$, gleich

$$\frac{\mu+\nu-2\beta-\lambda+1.\mu+\nu-2\beta-\lambda+2}{2}.\frac{\sigma+\beta-\lambda+1.\sigma+\beta-\lambda+2}{2}$$
$$-\frac{\mu+\nu-2\beta-\lambda.\mu+\nu-2\beta-\lambda+1}{2}.\frac{\sigma+\beta-\lambda.\sigma+\beta-\lambda+1}{2}$$
$$=\frac{\mu+\nu-2\beta-\lambda+1.\sigma+\beta-\lambda+1.\mu+\nu+\sigma-\beta-2\lambda+2}{4}.$$

Dabei darf aber, wie in den Formen 2., β nicht grösser als μ, λ nicht grösser als σ, $\beta+\lambda$ nicht grösser als ν werden. Die Zahl der Coefficienten des Systems 3. oder 5. ist also durch die Formel

$$2.\quad\ldots\quad N'=\sum_{\beta,\lambda}\frac{\mu+\nu-2\beta-\lambda+1.\sigma+\beta-\lambda+1.\mu+\nu+\sigma-\beta-2\lambda+2}{4}$$
$$\beta\lessgtr\mu,\quad\lambda\lessgtr\sigma,\quad\beta+\lambda\lessgtr\nu$$

gegeben, *und es ist zu beweisen, dass immer*

$$3.\quad\ldots\quad N=N'.$$

Die Doppelsumme 2. kann man nun durch eine einfache ersetzen, indem man nicht die Coëfficienten der Formen 2. oder 5., sondern die der Formen 3. zählt; dass beide Zahlen übereinstimmen, folgt aus den Sätzen des §. 13.

Die Anzahl der Coëfficienten, welche die Function

$$\psi_\beta = r_x^{\mu-\beta} s_x^{\nu-\beta} u_\rho^\sigma (rsu)^\beta$$

enthält, ist

$$\frac{\mu+\nu-2\beta+1.\mu+\nu-2\beta+2}{2}.\frac{\sigma+\beta+1.\sigma+\beta+2}{2}.$$

Da nun, je nachdem $\nu-\beta$ oder σ die kleinere Zahl ist, die Form $\delta^{\nu-\beta+1}\psi_\beta$ oder die Form $\tilde\delta^{\sigma+1}\psi_\beta$ verschwindet, so sind, als durch diese Bedingungen linear in den übrigen ausgedrückt, auszuscheiden

$$\text{bei}\quad \nu-\beta \lesseqgtr \sigma: \quad \frac{\mu-\beta.\mu-\beta+1}{2}.\frac{\sigma+\nu-2\beta.\sigma+\nu-2\beta+1}{2}$$

$$\text{bei}\quad \nu-\beta \gtreqless \sigma: \quad \frac{\mu+\nu-\sigma-2\beta.\mu+\nu-\sigma-2\beta+1}{2}.\frac{\sigma.\sigma+1}{2}$$

Coëfficienten. Bemerkt man nun noch, dass β über die kleinere der Zahlen μ, ν nicht hinausgehen kann, so findet man folgende fünf Fälle zu unterscheiden:

I. $\sigma \lesseqgtr \nu$ und $\mu \gtreqless \nu$.

II. $\sigma \lesseqgtr \nu \gtreqless \mu$.

In diesen beiden Fällen ist immer $\sigma \lesseqgtr \nu-\beta$; die Summen nach β sind im ersten Falle bis ν, im zweiten bis μ zu nehmen; es ist immer $\delta^{\nu-\beta+1}\psi_\beta = 0$.

III. $\sigma \gtreqless \nu$, dagegen $\mu \gtreqless \nu$. Die Zahl β geht bis ν; aber nnr bis zu $\beta = \nu-\sigma$ ist $\delta^{\sigma+1}\psi_\beta = 0$, für $\beta = \nu-\sigma$ bis zu $\beta = \nu$ ist $\delta^{\nu-\beta+1}\psi = 0$.

IV. $\sigma \gtreqless \nu$ und auch $\mu \gtreqless \nu$, aber $\mu+\sigma \lesseqgtr \nu$. Die Zahl β geht bis μ; bis zu $\beta = \nu-\sigma$ ist $\delta^{\sigma+1}\psi_\beta = 0$, für $\beta = \nu-\sigma$ bis zu $\beta = \mu$ ist $\delta^{\nu-\beta+1}\psi_\beta = 0$.

V. $\sigma \gtreqless \nu$, $\mu \gtreqless \nu$, und auch $\mu+\sigma \gtreqless \nu$. Die Zahl β geht bis μ, und es ist immer $\tilde\delta^{\sigma+1}\psi_\beta = 0$.

Ich bezeichne nun durch $\varphi(p, q, k)$ die algebraische Function von p, q, k, welche für ganze positive k den Werth der Summe

$$\varphi(p, q, k) = \sum_{\beta=0}^{\beta=k} \frac{p+\beta.p+\beta+1}{2}.\frac{q-2\beta.q-2\beta+1}{2}$$

darstellt. Alsdann ergiebt sich aus dem Obigen der Werth der Coëfficientenzahl N' in den obigen fünf Fällen aus den Formeln:

I. $N' = \varphi(\sigma+1, \mu+\nu+1, \nu) - \varphi(-\mu-1, -\sigma+\nu-1, \nu)$

II. $N' = \varphi(\sigma+1, \mu+\nu+1, \mu) - \varphi(-\mu-1, -\sigma+\nu-1, \mu)$

III. $N' = \varphi(\sigma+1, \mu+\nu+1, \nu) - \varphi(-\mu-1, \nu-\sigma-1, \nu)$
$\qquad + \varphi(-\mu-1, \nu-\sigma-1, \nu-\sigma) - \varphi(0, \mu+\nu-\sigma, \nu-\sigma)$

IV. $N' = \varphi(\sigma+1,\ \mu+\nu+1,\ \mu) - \varphi(-\mu-1,\ \nu-\sigma-1,\ \mu)$
$\qquad + \varphi(-\mu-1,\ \nu-\sigma-1,\ \nu-\sigma) - \varphi(0,\ \mu+\nu-\sigma,\ \nu-\sigma)$

V. $\quad N' = \varphi(\sigma+1,\ \mu+\nu+1,\ \mu) - \varphi(0,\ \mu+\nu-\sigma,\ \mu)$.

Man erkennt nun sofort, dass durch diejenige Differenz, welche im letzten Falle den Werth von N' darstellt, auch in den andern Fällen der Werth von N' ausdrückbar ist. Setzt man

$$\theta(p,q,k) = \varphi(p,q,k) - \varphi(0,\ q-p,\ k),$$

so erhält man sofort die Ausdrücke:

I. $\quad N' = \theta(\sigma+1,\ \mu+\nu+1,\ \nu) - \theta(-\mu-1,\ -\sigma+\nu-1,\ \nu)$

II. $\quad N' = \theta(\sigma+1,\ \mu+\nu+1,\ \mu) - \theta(-\mu-1,\ -\sigma+\nu-1,\ \mu)$

III. $N' = \theta(\sigma+1,\ \mu+\nu+1,\ \nu) + \theta(-\mu-1,\ \nu-\sigma-1,\ \nu-\sigma)$
$\qquad\qquad\qquad\qquad - \theta(-\mu-1,\ \nu-\sigma-1,\ \nu)$

IV. $N' = \theta(\sigma+1,\ \mu+\nu+1,\ \mu) + \theta(-\mu-1,\ \nu-\sigma-1,\ \nu-\sigma)$
$\qquad\qquad\qquad\qquad - \theta(-\mu-1,\ \nu-\sigma-1,\ \mu)$

V. $\quad N' = \theta(\sigma+1,\ \mu+\nu+1,\ \mu)$.

Die einzige nun noch zu bildende Summe ist

$$\theta(p,q,k) = \frac{p}{4}\sum_{\beta=0}^{\beta=k}\{(p+2\beta+1)(q-2\beta)(q-2\beta+1) + \beta(\beta+1)(2q-p-4\beta+1)\},$$

und man findet durch eine kleine Rechnung

$$\theta(p,q,k) = \tfrac{1}{4}p(k+1)(k-q)(k-q-1)(k+p+1).$$

Hieraus folgt sofort

$$\theta(-\mu-1,\ \nu-\sigma-1,\ \nu-\sigma) = 0,\quad \theta(-\mu-1,\ \sigma+\nu-1,\ \mu) = 0,$$
$$\theta(\sigma+1,\ \mu+\nu+1,\ \nu) - \theta(-\mu-1,\ -\sigma+\nu-1,\ \nu) = \theta(\sigma+1,\ \mu+\nu+1,\ \mu).$$

Daher haben in der That die fünf obigen Grössen N' sämmtlich denselben Ausdruck

$$\theta(\sigma+1,\ \mu+\nu+1,\ \mu) = \tfrac{1}{4}(\sigma+1)(\mu+1)(\nu+1)(\nu+2)(\mu+\sigma+2) = N,$$

was zu beweisen war.

————————

Ich schliesse diesen Aufsatz mit Aufstellung eines Beispiels. Es sei f eine ternäre Form mit zwei Reihen von Punctcoordinaten und einer Reihe von Liniencoordinaten, quadratisch in Bezug auf jede Reihe, mit willkürlichen Coëfficienten. Das reducirte System soll gesucht werden.

Sei also symbolisch

$$f = r_x^2 s_y^2 u_\rho^2.$$

Das reducirte System in Bezug auf die x, y ist nach §. 15:

$$1. \quad . \quad . \quad . \quad r_x^2 s_x^2 u_\rho^2; \quad r_x s_x u_\rho^2 (rsv); \quad u_\rho^2 (rsv)^2.$$

Von diesen Formen gehört die erste schon dem reducirten Systeme von f an; die letzte giebt nach §. 15. die Formen

$$2. \quad . \quad . \quad . \quad u_\rho^2 (rsu)^2; \quad u_\rho (rsu)(r_x s_\rho - s_x r_\rho); \quad (r_x s_\rho - s_x r_\rho)^2.$$

welche sämmtlich dem reducirten Systeme angehören. Die mittlere der Formen 1. aber genügt der Gleichung

$$\frac{\partial^2 \varphi}{\partial x_1 \, \partial v_1} + \frac{\partial^2 \varphi}{\partial x_2 \, \partial v_2} + \frac{\partial^2 \varphi}{\partial x_3 \, \partial v_3} = 0.$$

Daher treten für sie die Betrachtungen des §. 17. ein. Nun kann man das dort gegebene Resultat in der Regel zusammenfassen, *es entstehe in solchem Falle das reducirte System, indem man in Bezug auf die beiden gleichartigen Reihen reducirt, und in dem so entstandenen Systeme (dem Systeme der χ) die gleichartigen Reihen einander gleich setzt.* Das reducirte System der Form

$$r_x s_x u_\rho^2 (rsv)$$

in Bezug auf die Reihen u, v ist zunächst:

$$r_x s_x u_\rho^2 (rsu); \quad r_x s_x u_\rho (r_y s_\rho - s_y r_\rho).$$

Daher ist das vollständige reducirte System dieser Form:

$$3. \quad . \quad . \quad . \quad r_x s_x u_\rho^2 (rsu); \quad r_x s_x u_\rho (r_x s_\rho - s_x r_\rho).$$

Das vollständige reducirte System von f besteht nun aus der ersten Form 1. und den Formen 2. 3. Von diesen genügt nur die mittlere der Formen 2. entsprechend den Sätzen des §. 15. der Gleichung $\delta\varphi = 0$; alle übrigen Formen sind allgemeinen Characters. Ich fasse diese Formen in folgender Tafel zusammen, welche die Ordnung und Classe, so wie die Zahl unabhängiger Coëfficienten der Formen des reducirten Systems enthält:

$$f = r_x^2 s_y^2 u_\rho^2 \quad (216 \text{ Coëff.})$$

Reducirtes System.

Form	Ordnung	Classe	Coëff.
$r_x^2 s_x^2 u_\rho^2$	4	2	90
$u_\rho^2 (rsu)^2$	0	4	15
$u_\rho (rsu)(r_x s_\rho - s_x r_\rho)$ *	1	2	15
$(r_x s_\rho - s_x r_\rho)^2$	2	0	6
$r_x s_x u_\rho^2 (rsu)$	2	3	60
$r_x s_x u_\rho (r_x s_\rho - s_x r_\rho)$	3	1	30
			216

Die mit einem Stern bezeichnete Form genügt der Gleichung $\delta\varphi = 0$.

Göttingen, den 26. Februar 1872.

Göttingen,
Druck der Dieterichschen Univ.-Buchdruckerei.
W. Fr. Kästner.